U0106309

活捉錯別字

（修訂版）

宋詒瑞　著

新雅文化事業有限公司
www.sunya.com.hk

總序

我們都知道，原始的建屋辦法，是用一塊塊磚，黏合了水泥砌成豎立的牆，然後一面面的牆才能構成一間屋一座樓房。我們的中文寫作也是這樣：先認識一個個單字（磚），單字能組合成一個個有意義的詞（牆），再把這些詞按照一定的語法規則組合，就成了一個個完整的語句，語句成篇就是一篇文章（房屋）了。

所以我們要先學會單字，了解它們的真正意義；然後再知道哪些單字能相互組成有意義的詞匯，學會了這些詞匯，我們就能造句了。可是，這些詞匯不能胡亂擺放的，句子要有一定的組合規則，不符合規則的句子（病句）會使別人看不懂作者的意思，甚至會產生誤解。

為了提高同學們中文寫作能力，消滅在用字、組詞、造句方面的錯誤，我們特意推出《活捉》系列一套三本──《活捉錯別字》、《活捉錯用詞》、《活捉錯語句》。

在《活捉錯別字》裏，孫家兄弟以《西遊記》中的英雄人物孫悟空為榜樣，學他為民捉妖，與父母聯手從日常生活運用

的文字中捕捉出一個個錯別字，分析人們用錯原因、學習正確用法，這樣是從根本上打好寫作的基礎。假如你在買早點的店舖見到「新鮮麵飽」，在報上讀到「綿花糖」、「除紋平縐」的廣告，可能並不覺得有什麼不對。這是因為有些錯字人們用得太普遍了，成了約定俗成的別字；而有的錯別字在外形和意義上實在太相似了，使你眼花繚亂，一時分不清。書中就會告訴你，這些字錯在哪裏，為什麼錯，應該怎麼用。

後來，孫家活捉文字妖的精神更感動了孫悟空，使他毅然現身投入孫家的活捉活動。他的參加給大家帶來很大歡樂，如何有趣？請看看《活捉錯用詞》及《活捉錯語句》吧！

我們要從單字到詞語到語句，一步步深入來捕捉出同學們平日寫作時容易犯下的錯誤，引導大家正確運用語言文字來表達自己的思想。希望孫家一家四口和孫悟空的努力，能幫助你更認識到中國文字之美，更精確運用中文，把文章寫得更好！

宋詒瑞

二〇二一年一月

目錄

引子

　　孫家俊和孫家傑是一對兄弟，兩人相差兩歲，家俊讀六年級了，家傑還在唸四年級。這兩兄弟雖然相差兩歲，卻很玩得來，感情也好。兩人的性格相仿，都活潑愛動，家傑比哥哥更調皮，有時哥哥都鬥不過他。

　　哥兒倆還是一對好搭檔，兩人經常合作做事：製作風箏放上天空、互相扶持學會騎單車、幫媽媽修好鞋櫃、一起做過空氣和水的實驗……真是「兄弟同心，其利如金」。這個暑假，他倆合作做成了一件了不起的大事。究竟是什麼事呢？請看下文分解……

我要學做孫悟空！

這天，是暑假的第一天。兄弟倆不用起個大早上學，索性睡個大懶覺。已經是早上九點了，兩人還賴在牀上沒起來。

媽媽在門口叫了幾次：「喂，你們倆怎麼還沒起牀呀？太陽已經曬進屋中央了！一放暑假就沒事做了嗎？」

其實家俊和家傑已經醒了，睡眼惺忪地躺在各自的牀上。媽媽這麼一叫，家傑倒是真的醒過來了，他先大聲朝門外應了一聲：「這就起牀了，媽媽！」然後側過身來望着對面牀上的家俊問道：「嗨，哥哥，這個暑假你打算幹什麼呀？」

家俊剛從夢裏走出來，閉着眼説：「嗯……有好多事情要做呢！」

「有些什麼呀？説來聽聽！」家傑是個「打破沙鍋問到底」的傢伙，他興致勃勃地追問道。

家俊張開雙臂打着哈欠，伸了個懶腰，懶洋洋地答道：「除了暑期作業之外，老師還要我們讀中國古典文學『四大名著』中

的一本，還要……」

　　沒等哥哥說完，家傑就急着問道：「中國古典文學『四大名著』？哪四本啊？」

　　「《水滸傳》、《三國演義》、《紅樓夢》、《西遊記》這四本啊，你不知道嗎？」

　　「好像聽說過這些名字，這些書都很難讀的哩！你能讀得懂嗎？」家傑問。

　　「老師說，每人可以根據自己的情況選讀，我們班上有些同學已經讀了好幾本了。老師還說，沒讀過的人可以先讀《西遊記》，這本比較容易讀。」

　　「《西遊記》？是不是講齊天大聖孫悟空的那一本書？」家傑問。

「是啊，這本書很有趣的！」

「哥哥，我也想讀，我們一起讀好嗎？」哥哥説是有趣的東西，家傑怎會放過？

家俊説：「原著的《西遊記》很長，文字也不太好懂。老師介紹我們看一種縮寫普及本，我已經買了，你也能看得懂的。」

「太好了，那我們快起牀吧，已經不早了！」家傑説着就一骨碌翻身下了牀。

家傑是個急性子，説做就做。吃過早餐後他就拉着家俊坐下來看書了。這兄弟倆平時就有閱讀課外圖書的好習慣，這要歸功於爸爸媽媽對他們從小的培養——爸爸媽媽自他們懂事起，就買了好多幼兒圖書，或是給他們講故事，或是指導他們自己閱讀。爸爸媽媽本身也喜歡讀書，常常在晚飯後一書在手讀到上牀還不肯釋手，言教不如身教，家俊家傑都養成常常看書的習慣，每星期都能讀完一兩本故事書。家俊讀到一些好書後還常常介紹給家傑讀。

這《西遊記》是縮寫本，圖文並茂，兄弟倆立即趴在書桌上看了起來。家傑有些字不認識，若是比較重要的，他就問家俊；有些他能連蒙帶猜明白意思的，也就不一一問，隨着哥哥看下去。家傑的閱讀速度並不比哥哥差多少，跟得很快。遇到插圖，他倆

就一起欣賞。如此閱讀，倒也別有一番樂趣。石頭裏蹦出個石猴，拜師學藝，闖龍宮取金箍棒，大鬧天宮，翻轉蟠桃會，大戰二郎神，被如來佛收壓，隨唐僧取經⋯⋯故事一個比一個精彩，兩人看得津津有味，一個上午，他們已經看完了一半。

「你們倆在看什麼好書呀？這麼聚精會神的，看了一個上午了！快來吃飯吧！」媽媽進書房來叫他們吃飯。

「媽媽，哥哥買回來的《西遊記》太好看了！這個孫悟空本事真大，一個筋斗能翻到十萬八千里外……」說着，家傑站起來縱身一跳，好像要學孫悟空的筋斗功。

「你算了吧，這叫什麼筋斗？」家俊站起身來做了個側手翻，身手的確比弟弟強多了。

媽媽笑得合不攏嘴：「好，好，你們這兩個小猴的功夫都不錯！不過，孫悟空肚子餓了也要吃飯的，快來用餐，吃飽了再『西遊』吧！」

飯後整個下午，家俊、家傑繼續看書，黃昏時分，兩人已經把一本《西遊記》通通看完。

放下書本，家傑仍然沉醉在故事中。他喃喃說道：「哥哥，孫悟空真有本領，我們要是能學到這些本領就好了，能把東西變大變小，能拔一把毫毛吹出很多個自己，能行千里，能隱身，能七十二變，刀槍不入，力大無窮……」

家俊打斷他：「嗨，這是神話故事，怎麼可能成真的，你別瞎想了！」

直到晚飯時分，在餐桌上家傑還在遐想：「哥哥，你看，孫悟空就是有了這些本領才能大鬧天宮，才能保護唐僧西遊取經，打敗那麼多的壞蛋，幫助了那麼多的人……」

　　媽媽笑他：「讀了《西遊記》就想學孫悟空，家傑真會活學活用啊！」

　　爸爸接着媽媽的話題說：「剛才家傑說得對，孫悟空就是因為有了全身本領，才能做那麼多的好事，所以你們趁在學校讀書的時候，也要學好各門功課，有了知識有了本領，將來才能擔任各種工作，為社會服務啊。」

　　兄弟倆點點頭表示明白。

能隱身的癮君子

　　飯後，媽媽收拾好廚房事務，照例坐在沙發上翻看今天的報紙。

　　媽媽忽然長歎一聲不高興地説：「真是豈有此理，又用錯字！已經給他們提過意見了，還是出錯！」説罷，她把手中報紙重重拍在茶几上。

　　兄弟倆很少見到媽媽如此發脾氣的，都湊過來問道：「什麼事？出了什麼錯？」

　　正在看電視的爸爸也轉過身來問：「你怎麼啦？什麼事惹你那麼生氣？」

　　媽媽指着茶几上的報紙説：「癮，癮君子，這家報紙總是寫成『隱君子』，吸毒的人變成了能隱身的人，你説好笑不好笑？」

　　爸爸和家俊一聽，都笑了起來。家傑有些不太明白，問道：「什麼？癮君子，隱君子，聽起來有分別嗎？」

　　爸爸説：「用粵語來讀這兩個詞語，聽起來是相近的，但仔細地分辨，其實一個讀『引』（癮），一個讀『忍』（隱），此外，它們寫起來也是大不一樣的。家俊，你給弟弟解釋解釋！」

　　家俊懂得這兩個字，便信心十足地對弟弟講解起來：「吸毒的人很容易上癮，所以我們叫他們『癮君子』，這個『癮』字是以『疒』字頭作部首的；而隱身的『隱』沒有『疒』字部首，是『隱隱約約』的『隱』字。」

　　爸爸一邊誇家俊講得很對很好，一邊拿起報紙，找到了媽媽說的那條新聞後指給兄弟倆看，爸爸讀道：「昨晚旺角一名隱君子卧倒街頭，疑是毒癮發作……」爸爸轉向媽媽說：「你別太生氣，他們這樣寫是有原因的。」

媽媽睜大雙眼問：「什麼原因？你倒說說看！」

爸爸說：「其實在古代，『隱君子』是一個固定詞，指隱居的人，但因『隱』和『癮』讀音相近，所以也用來嘲諷吸毒成癮的人。現在的報紙上也沿用了這個做法，你就不能說他完全錯了，因為《現代漢語詞典》中也有這兩個詞條。但是如果我們認真從這兩字的本意來看，還是清楚區分運用為好。就如剛才家俊解釋的那樣，上癮是一種病態，所以用病字部首，稱為『癮君子』；隱居的人就用『隱君子』。」

家傑說：「對呀，這樣意思就很清楚了。癮君子倒臥街頭，但是不能隱身。」

他說得大家哈哈大笑。

爸爸說：「日常生活中用錯字的例子多不勝數，這家大報紙上也經常會出現一些錯別字的，我們看報時要留意一下。」

家傑眼珠一轉，有了個主意：「嗨，爸爸，讓我來做孫悟空捉妖，把那些寫錯用錯的字統統捉出來示眾！」

家俊對爸爸媽媽說：「家傑讀完《西遊記》的故事之後一直在想要學孫悟空做好事。」

爸爸說：「家傑，你這想法很有意思，市面上有很多錯別字大家一再使用後都習以為常了，是應該收集一下這些例子，集中

起來提醒大家。」

　　媽媽說：「對，還應該把這些例子寫成書，這樣便能起更大的作用。」

　　家傑見大家這麼支持他的想法，很高興。可是他有些擔心：「光靠我自己不行呀，一來我能見到的不多，二來有些字我還不會，就看不出有什麼毛病。」

　　媽媽說：「索性我們大家都動手收集，每個星期至少用一個晚上彙集討論，讓爸爸記錄下來，積累多了就可以出書。」

　　爸爸是一家大出版社的編輯，他說：「只要我們的材料收集得好，出書的事由我來張羅，沒問題。好，從明天開始，我們大家都睜開火眼金睛，去大鬧文字宮，把用錯、寫錯、誤導人的錯別字，好像對付妖魔鬼怪那樣，捉出來示眾！」

　　媽媽說：「明天晚上我們的捉妖隊開第一次會，每人要捉出一個文字妖來！」

　　「爸爸是捉妖隊隊長！」家俊提議道。

　　「好！」大家舉手贊成。

　　由於決定了這麼一件有意義的大事，這天晚上大家都很高興，家俊和家傑都睡得特別香甜。

隱 _粵 忍　_普 yǐn

部首：阜（阝）

意思：1.（動詞）躲藏不露。

　　　2.（形容詞）潛伏的。

組詞：隱蔽、隱患、隱藏、隱士、隱瞞、隱隱約約、隱惡揚善

例句：犯了錯誤之後想隱瞞，是錯上加錯。

癮 _粵 引　_普 yǐn

部首：疒

意思：1.（名詞）由於神經中樞經常接受某種外界刺激而形
　　　　成的習慣性，如：煙癮、賭癮。

　　　2.（名詞）泛指濃厚的興趣，如：棋癮。

組詞：癮頭、上癮、癮君子

例句：他下棋下得上癮了。

捉字妖訓練營

在下面的括號裏圈出正確的字，趕走字妖，使句子意思完整。

1. 那個（癮 / 隱）君子聽説前些日子被發現在家吸毒和藏毒，結果被警察帶走了。

2. 我的近視度數很深，脱下眼鏡後只能（癮 / 隱）約看到一些模糊的影子。

3. 誰會想到在這麼（癮 / 隱）蔽的地方，會有一家五星級水準的法國餐廳呢？

4. 他因為年紀輕輕便吸煙吸上（癮 / 隱），結果才三十多歲便百病纏身。

5. 你不用再試圖（癮 / 隱）瞞，我已經了解清楚，知道整件事的來龍去脈了。

6. 上網成（癮 / 隱）的人每日花大量時間在網絡上，除了上網，對其他事情都提不起興趣，在身心健康、人際關係等方面造成不良影響。

吃了麵包才會飽

第二天，家俊家傑一同坐校車到學校參加暑期補習班時，家傑提醒家俊：「哥哥，別忘了睜大眼睛，像孫悟空那樣用我們的火眼金睛找錯別字呀！」

家俊說：「知道了，我怎麼會忘記呢！今晚看誰找得多！」

晚飯後，四人坐在一起開始了第一天的捉字妖工作。

家傑說：「我先報告：我看見好幾家餅店門口的招牌上都寫着『麵飽』兩個字，他們寫錯『包』字了！」

爸爸說：「捉得好，那應該怎樣寫呀？」

家俊家傑同聲叫道：「麵包！」家俊在紙上立刻寫下了這兩個字。

「對！」爸爸說，「應該是以『麥』字為部首的『麵』字和沒有『食』字部的『包』字，因為麵包是用小麥麵粉做的；把『包』寫成『飽』就不對了，『飽』是吃飽的意思，兩個字的讀音雖然相近，但聲調是不同的。」

媽媽說：「這個錯誤在香港很普遍，差不多每家西餅店、快餐店裏都可見到，實在不像話！很多中國內地來的朋友都拿這件

事當笑話談，説你們香港人怎麼都分不清『包』和『飽』字啊？」

家傑總結説：「不吃麵包不會飽，吃了麵包才會飽！」

他的順口溜引得大家哈哈大笑。

包 ^粵胞 ^普bāo

部首：勹

意思：1.（動詞）用紙、布或其他薄片把東西裹起來，如：
　　　　包餃子；容納在內，如：包容。

　　　 2.（名詞）包好的東西，如：郵包。

組詞：包書、包裹、包袱、麵包

例句：這個包裹裏面全是好吃的豆沙包子。

飽 ^粵胞² ^普bǎo

部首：食（飠）

意思：1.（形容詞）滿足了食量，如：吃飽了。

　　　 2.（形容詞）豐滿、充足，如：飽滿。

組詞：飽和、飽嘗、飽餐、飽經風霜

例句：餓了一整天，現在他終於可以飽餐一頓了。

捉字妖訓練營

你分得清「包」、「飽」的用法嗎?在下面的括號裏填上「包」或「飽」,使句子意思完整。

1. 這家西餅店出售各種糕餅（　　）點,價廉物美。

2. 看他精神（　　）滿,神采飛揚,今天的心情似乎不錯。

3. 這位老人臉上的皺紋,是歲月的痕跡,也說明他（　　）嘗了人生的甜酸苦辣。

4. 正所謂「嚴以律己,寬以待人」,我們應該嚴格要求自己,對別人的過失要採取（　　）容的態度,別太挑剔。

5. 你（　　）食終日,無所事事,不打算找個工作嗎?

6. 開學了,弟弟收到新書之後很高興,趕緊拿起書皮來（　　）書,還端正地寫上自己的名字。

7. 研究指出,每餐吃得太（　　）,反而對身體不好,建議每餐最好吃「七分（　　）」。

筋、皮、骨都沒力氣了？

爸爸問家俊：「家俊，今天你有什麼發現？」

家俊說：「今天語文課上老師發下上星期的作文，老師說我寫得不錯，可是有個詞語寫錯了。」

媽媽趕緊問：「是哪個詞語呀？」

家俊要考考弟弟：「家傑，假如說：我今天玩得很累很累，你會用哪一個四字詞語來形容啊？」

家傑不假思索地回答：「我知道，就是『筋疲力盡』呀！」

「你寫下來看看！」家俊把紙筆遞給他。

家傑很快就在紙上寫了「筋皮力盡」四個字。

家俊哈哈大笑：「瞧，你跟我一樣，寫了別字了！」

家傑不明白：「哪裏錯了？玩了一天，全身的筋、骨和皮都沒力氣了呀！不是這四個字嗎？」

他那自作聰明的解釋更叫大家笑彎了腰。

媽媽說：「你真會詭辯！『筋疲力盡』是『疲倦』的『疲』，不是『皮毛』的『皮』！意思是全身的筋骨都累了，力氣也用完了。在這四個字裏，『筋』和『力』是名詞，『疲』和『盡』是形容詞。」

家傑尷尬地笑着説：「反正和我説的意思也差不多呀，不是嗎？」

爸爸説：「這兩字用粵語或普通話來讀，它們的發音都一樣。『疲倦』的『疲』字是『疒』字部，常用在『疲倦、疲乏』這類詞語中，意思是累；而『皮』，是指皮膚、皮毛，可不能用錯呀。」

皮 粵脾 普 pí

部首：皮

意思：1.（名詞）人或生物體表面的一層組織，如：牛皮、
　　　　皮膚。

　　　2.（名詞）包在或圍在外面的一層東西，如：書皮、
　　　　水餃皮。

組詞：皮革、皮鞋、皮毛、皮夾

例句：他摔了一跤，幸好只是擦破了一點皮，沒傷到筋骨。

疲 粵脾 普 pí

部首：疒

意思：（形容詞）疲乏、勞累。

組詞：疲憊、疲倦、疲勞、精疲力竭、疲於奔命

例句：當了一天搬運工，下班回家時他感到疲倦不堪。

捉字妖訓練營

1. 下面的成語分別漏了哪個字？請你快快補上適當的字，別讓字妖有機可乘啊！

   (1)（　　）開肉綻　　　　(2) 樂此不（　　）

   (3) 雞毛蒜（　　）　　　　(4)（　　）於奔命

   (5) 精（　　）力竭　　　　(6) 嬉（　　）笑臉

2. 以下帶有「皮」或「疲」字的詞語是什麼意思？寫在橫線上。

   (1) 皮包骨

   意思：＿＿＿＿＿＿＿＿＿＿＿＿＿＿＿＿＿＿＿＿

   (2) 略知皮毛

   意思：＿＿＿＿＿＿＿＿＿＿＿＿＿＿＿＿＿＿＿＿

   (3) 疲勞轟炸

   意思：＿＿＿＿＿＿＿＿＿＿＿＿＿＿＿＿＿＿＿＿

「具」「俱」不同

輪到媽媽了。

媽媽説：「今天我去深圳辦事，一路上望着街景，倒是有了一個發現。有一家賣傢俬的店，門口寫着『某某傢俱店』。」媽媽隨手在紙上寫下了「傢俱」兩個字，説：「你們説，這麼寫對不對？」

家俊和家傑撓着頭説：「對呀！是這兩個字呀！」

媽媽望着爸爸笑道：「看來要請捉妖大隊長來捉妖了！」

爸爸説：「這個詞，好多人都會用錯。傢具、傢俱、家具、家俱，都有人用。」爸爸在紙上寫下這些字，然後劃來劃去地連接成四個詞，「其實，最正確的用法是『傢具』，『家具』也算可以，但是不能用『俱』字……」

還沒等爸爸説完，家俊就追問：「為什麼呢？『家』和『傢』可以通用，為什麼『具』和『俱』就不能通用？」

「問得好！」爸爸耐心地解釋説：「『傢』是『家』的異體字，就是説，它是跟正體字『家』同音同義，但是寫法不同，形體不同。而我們通常把這兩字分了工：『家』指家庭、住所；『傢』常用在

『傢伙』一詞，可指人、工具或武器。在指家庭用具時，『家』和『傢』兩字可通用。但是，『具』是名詞，是工具、用具的意思；而『俱』卻是個用來形容動詞或形容詞的副詞，意思是『都、全』，如我們說：『面面俱到』、『俱樂部』、『麻雀雖小，五臟俱全』等，而且它們的粵語讀音也不同，『具』讀『巨大』的『巨』，『俱』讀『地區』的『區』。」

「那麼說，『俱樂部』就是指大家一起來玩樂的地方？」家傑說。

「你解釋得真好！『俱樂部』這一詞是從英語翻譯過來的，既是音譯，也是意譯，翻譯得十分好！」爸爸說。

家傑嘴裏唸着「CLUB」、「CLUB」，笑着說：「的確很像『俱樂部』的發音，真有意思！」

「所以『俱樂部』不能寫成『具樂部』，『工具』不能寫成『工俱』了？」家俊問。

「對，你說得對！看來你們都懂得『具』和『俱』這兩個字的分別了。」爸爸很高興。

字妖檔案

具 粵巨 普jù

部首：八

意思：1.（名詞）進行某一活動時所需要的用品。

2.（動詞）擁有、備有。

組詞：具有、具備、工具、文具、農具、餐具、具名

例句：這裏具備了從事農業生產的種種有利條件。

俱 粵區 普jù

部首：人（亻）

意思：（副詞）全、都、齊全。

組詞：俱樂部、面面俱到、一應俱全

例句：這家店舖售賣的釣魚工具一應俱全。

你分得清「具」、「俱」的用法嗎？把「具」或「俱」填在括號裏，使句子意思完整。

1. 他的演講內容涵蓋廣泛，談到了各個方面，面面（　　）到，很有說服力。

2. 別說得那麼空洞，舉一點（　　）體的事例吧，不然只聽你在說有多好，也不知道是不是真的！

3. 這家百貨公司的貨品很齊全，生活用品一應（　　）全，有傳統的，也有新潮的。

4. 年青人必須（　　）備為社會服務的本領和決心。

5. 正所謂「工欲善其事，必先利其器」，你要完成這項工作，必須先準備好必要的工（　　）。

6. 這道菜色彩繽紛，濃香撲鼻，吃完齒頰留香，毫不油膩，真是色香味（　　）全的佳作。

「趾」不在手上

「下面我們要看看最厲害的捉妖大隊長的戰績了！」媽媽笑着説。

「爸爸快説，今天你捉到了什麼字妖？」家傑急不可待地問。

爸爸説：「今天我的戰績不太輝煌，可是在審稿的時候，卻找到了一個很有趣的例子。」説着，爸爸側過頭來問兩個孩子：「説説看，你們有幾個手指？幾個腳趾？」

家俊和家傑覺得奇怪，爸爸怎麼問出這樣簡單的問題來：「各有十個呀，每隻手五個，每隻腳五個！」

「家傑，寫寫看『手指』和『腳趾』這兩個詞語吧。」爸爸説。

家傑先寫了「手指」，然後思索了一下寫下了「腳指」兩字。

爸爸問家俊：「家傑寫得對不對？」

家俊老實説：「本來我沒覺得有什麼不對，可是既然是你捉妖的例子，那麼肯定有個字是錯的，我⋯⋯可説不出來。」

媽媽説：「我知道爸爸想説什麼了，我也會常常這樣寫的，看來是寫錯了。」

爸爸對媽媽説：「那麼你説説，應該怎樣寫？」

媽媽拿起筆來在紙上寫着，説道：「應該是『手指』和『腳趾』，對嗎？」

　　家俊叫了起來：「對，對！是這個『趾』字！我想起來了，『腳趾』應該是這個『趾』！」

　　媽媽説：「我們好像在很多場合都會見到『腳指』這個詞語的呢，是錯的嗎？」

　　爸爸指着媽媽寫的字，仔細解釋起來：「『指』字是專門指手指的，我們常説『指導、指路』，就是伸出手指來為別人指點的意思；而『趾』是專指腳趾，所以我們不能把『腳趾』寫成『腳

指』。説到底，都是因為『指』、『趾』這兩字的讀音一樣，意思相關，所以人們往往混着用。」

家傑笑着説：「我記住了：手上不長手『趾』，只有手『指』！」説時還配合地用手指指着紙上的字。

「因為一個『趾』是以『足』字作部首，另一個『指』是『手』字旁的呀！」家俊説。

「你們都説得對極了！」爸爸見捉字妖遊戲讓兄弟倆增加了語文知識，感到非常欣慰。

指 粵 子　普 zhǐ

部首：手（扌）

意思：1.（名詞）手指。

2.（動詞）用手指頭或物體尖端對着、向着某事物。

組詞：指示、指環、指點、指導、指揮、手指、食指

例句：他用食指指向前方，為大家指路。

趾 粵 子　普 zhǐ

部首：足（𧾷）

意思：（名詞）腳趾；腳。

組詞：趾甲、趾骨、趾高氣揚

例句：他剛獲老師稱讚，馬上就變得趾高氣揚了。

捉字妖訓練營

1. 「指」和「趾」可以分別和哪些字相配組成有意義的詞語？用線把它們連起來。

指   趾

導   骨   頭   引   腳   示

2. 以下是一些帶有「指」字的四字詞語，可是有些字跑出去玩之後，忘了回家的路！試在括號裏填上適當的字，組成四字詞語，為它們「指點迷津」吧！

(1) 指（　　）為（　　）　　(2) （　　）（　　）一指

(3) 指（　　）罵（　　）　　(4) （　　）（　　）指掌

(5) 指（　　）畫（　　）　　(6) 屈指（　　）（　　）

(7) 指（　　）道（　　）　　(8) 指日（　　）（　　）

請坐在自己的座位上

第二周的捉妖會上，家俊首先發言：「今天我捉到了一個字妖，我們班上很多同學在造句的時候都會寫錯這個字的。」

家傑從沙發上跳起來問道：「是哪個字呀？快說來聽聽！」

家俊指着家傑，一字一板地對他說：「家傑，請你好好坐在自己的座位上，別動！」

家傑感到很奇怪，為什麼哥哥這樣認真地說話？

看見家傑困惑不解的樣子，家俊笑了，說：「家傑，那個字妖就藏在這句話當中，你能捉住它嗎？」說着，他在紙上寫下了「請你坐在自己的坐位上。」這句話。

家傑一看就說：「這太容易了，我知道！『坐位』的『坐』字寫錯了，不是這個字！應該再加一個部首。」說完，他在家俊寫的句子中「坐位」一詞的「坐」字上加了三筆，成了「座」字。

爸爸拍手說：「改得好！可是，你能把當中的道理講出來嗎？」

家傑抓抓頭，說：「道理嘛……我倒講不出來。我只是常見『座位』一詞，沒見過『坐位』的。」

家俊舉手説：「我知道，我來講！『广』部的『座』字是名詞，而『土』部的『坐』字是動詞！」

爸爸説：「家俊説得很對。你們還能舉出用這兩字組成的其他詞句嗎？」

家傑搶先説：「我來説『土』部的『坐』：請坐！你坐下！坐好！坐穩了！坐着別動……嗯，還有一些成語，如：坐立不安、如坐針氈……」

家俊補充道：「坐享其成、坐吃山空、坐以待斃！」

爸爸笑道：「嘿，你們倆知道的還不少呢！對，這些詞句裏的『坐』字都是動詞。那麼，名詞『座』呢？」

還是家傑先說：「座位、座談會……座談會……」

家俊也思索了一會：「嗯，好像不太多，還有：星座、座上客、座右銘、座無虛席……想不出來了。」

媽媽說：「能說出這麼多，已經相當不錯了！」

爸爸說：「其實在字典裏，『座位』和『坐位』是通用的，都解釋為供人坐的地方。可是嚴格說來，把兩個字分工的話，的

確應該像你們剛才説的，一個是動詞，一個是名詞，習慣上我們都是這麼用的。」

家傑説：「爸爸，我還是有一點事情想不通：為什麼我們平常總是説『坐地鐵』、『坐巴士』、『坐電梯』？但其實很多時候，我們都是站着的，沒有座位坐啊。」

家俊插嘴道：「照你這麼説，我們應該改口説『企地鐵』、『企巴士』、『企電梯』了。」大家聽了都哈哈大笑。

爸爸忍着笑向他們解釋説：「其實『坐』不止可以用來表示『坐下來』的意思，它還可以引申解作『乘搭』，所以我們平常説的『坐地鐵』，指的其實是『乘搭地鐵』呢！家俊，家傑，所以我們學語文千萬要多用心了解字義，不然便會鬧出大笑話啊！」

家傑很用力的點頭，他的臉被大家笑得紅通通了。

坐 粵 助　普 zuò

部首： 土

意思： （動詞）把臀部放在椅子、凳子和其他物體上，支持身體重量；乘搭。

組詞： 坐牢、坐車、乘坐、坐以待斃、坐吃山空、坐享其成

例句： 歡迎你來我家！請坐！

座 粵 助　普 zuò

部首： 广

意思： 1.（名詞）可供坐下的地方。

　　　 2.（量詞）多用於較大或固定的物體。

組詞： 座位、在座、星座、座上客、座右銘、座談會、座無虛席；一座山、一座高樓

例句： 你怎麼坐到別人的座位上呢？

捉字妖訓練營

1. 在下面的括號裏圈出正確的字，趕走字妖，使句子意思完整。

(1) 我們的學校（坐 / 座）落在一（坐 / 座）小山坡上。

(2) 你怎麼不來幫忙準備晚飯？打算（坐 / 座）享其成啊？

(3) 弟弟不小心把果汁倒在（坐 / 座）墊上，趕忙拿毛巾來擦。

(4) 這位救人英雄來我們學校演講，分享他的故事，禮堂裏人山人海，（坐 / 座）無虛席。

(5) 這個（坐 / 座）位是他的，他早就（坐 / 座）在這裏了。

2. 「座」除了是名詞，也可用作量詞。量詞「座」可以跟哪些事物搭配起來呢？寫在下面的圖框內，寫得越多越好。

一 座 ＋

> 例 山

草字頭和竹字頭不同

　　輪到家傑了。他說：「今天我在學校的布告欄上捉到一個字妖。布告上寫着：今天下午 4：30 在藍球場舉行五年級 A 班和 B 班的藍球賽，歡迎同學們前往觀賞賽事………」

　　家俊急忙說道：「我知道，一定是把『籃球』寫成『藍球』了，我的同學也常常寫錯的。」

　　爸爸說：「你們講講錯在哪裏？這兩字的區別在哪裏？」

　　家傑自告奮勇：「我來講：『藍』是一種顏色的名稱，『藍色』的『藍』；『籃』是『籃子』的『籃』。」

　　「可是，怎麼區別呢？」媽媽問。

　　「這個很容易，它們的部首不同：『藍色』的『藍』是草字頭，即『艸』部，一般寫成『艹』；『籃子』

的『籃』是以『竹』字作部首的，一般寫成『⺮』，因為古時候籃子都是用竹子編出來的。」家傑一邊用紙筆寫着，一邊解説道。

爸爸説：「講得很好。這是弄錯了部首造成的錯別字。漢字的部首很有意思，根據部首你就可以猜到字的意義，所以不能寫錯。相似的例子還有很多，誰能再説一些？」

家俊舉手説：「我！有一次我的默書錯了一個字，我把『書籍』寫成『書藉』，竹字頭變成了草字頭。」

媽媽説：「你要是記住部首包含的意思就不會寫錯了：以前的書是在竹片上寫字後再串編起來的，所以『書籍』的『籍』字是『竹』部的；草字頭『藉』的本意是草做的墊子，我們常把這字用在『藉口』一詞中，也可寫成『借口』。」

家俊問：「『國籍』、『籍貫』裏用的是竹字頭的『籍』吧？」

爸爸説：「是的，『籍』字是常用字，如國籍、學籍、籍貫、書籍等，它還是一個

家族的姓呢。」

姓「籍」？沒聽説過，大家面面相覷。

「還有哪些寫錯部首的字？」爸爸問。

家傑説：「草字頭和竹字頭弄錯的還有不少，我的同學常常把『簿子』寫成『薄子』。剛才媽媽解釋了『書籍』的『籍』字的意思我才明白：簿子也是屬於書本一類，所以它應該是竹字頭的。」

爸爸説：「對，記住，『單薄』、『薄弱』、『厚薄』、『薄餅』、『薄脆』、『薄酒』……這些詞語裏都是用草字頭的『薄』，因為『薄』字的意思是『輕微、淡、不厚、不強壯』。」

「嗯，明白了。」兄弟倆點頭表示懂了。

字妖檔案

藍 粵 籃 普 lán

部首：艸（艹）

意思：1.（名詞）顏色的一種，像晴天無雲時的天空顏色，
如：藍色。

2.（形容詞）表示藍色的，如：蔚藍。

組詞：藍本、藍圖

例句：蔚藍色的大海一望無邊。

籃 粵 藍 普 lán

部首：竹（⺮）

意思：（名詞）裝盛東西用的容器。

組詞：籃子、籃球

例句：打籃球就是要把球扔進網狀的球籃裏，爭取得分。

更多艸部和竹部字形相近的字：

艸（艹）部的字：

多與草木植物有關，如：藍、藉、薄、芋、茄、蓬。

竹（⺮）部的字：

多與竹子有關，如：籃、籍、簿、竽、笳、篷。

分辨草字頭和竹字頭的字的秘訣你掌握了多少？試完成下面的測試吧！

1. 試比較「藍」、「籃」兩字，分別說出它們有什麼相同和不同之處。

相同之處	不同之處

2. 為什麼「書籍」的「籍」和「書簿」的「簿」都是用「竹」字作部首的呢？

游泳是遊戲的一種

媽媽向爸爸提出一個問題：「有個字我一直弄不清楚，時常會和同事們爭論，大家都說不清楚。」

爸爸說：「什麼字啊？會難倒你這位大學生？」

媽媽笑着在紙上寫下了「游」和「遊」兩個字，「就是這兩個字，有時通用，有時不能通用，究竟什麼時候通用？什麼時候不能？」

爸爸問家俊家傑：「你們先來說說看，誰能解釋？」

家傑撓着頭說：「這兩字好像是一樣的呀？到底有什麼分別呢？」

媽媽解釋說：「因為『游』字以『水』字作部首，所以我認為有關水的詞語應該用『游』，例如：游泳、游艇、游弋，河流的『上游』、『下游』等等；『遊』是『辵』部，有在各處從容地行走的意思，它不是『水』部，所以陸地上的活動應該用它，例如：遊覽、遊行、巡遊、旅遊、遊戲……可是很多人說在『遊覽』、『遊行』這些詞語裏可以用『游』字，因為『遊』、『游』兩字是通用的。」

爸爸説：「你説對了大部分。三點水的『游』字是指水裏的活動，例如你所舉的『游泳』等那些詞例，可是它也指流動性的物件或活動，所以『游擊隊、氣若游絲』等詞語就不能用『遊』字。而來往、行走這些活動，我們就用『遊』字，就像你剛才舉的那些例子。」

媽媽説：「我和同事們的爭論是『游説』一詞。我記得應該是三點水的『游』，不能用『辵』部的『遊』字，道理卻講不出來，因為這是陸地上的活動呀，怎麼不能用『遊』字呢？」

「這就應該用我剛才講的『游』字浮動不定的意思來解釋，這意思用在言辭方面，是指言辭虛誇不實。『游説』是指人們用虛誇的言辭來試圖説服對方，所以是用『游』字而不是『遊』字。」爸爸解釋道。

媽媽恍然大悟：「噢，原來是這個意思！」

家俊點點頭説：「經爸爸這麼一解釋就清楚了，原來游泳是遊戲的一種。應該這麼寫，對嗎？」他在紙上先後圈出了「游」、「遊」兩字。

爸爸笑着説：「對，你學得真快！」

游 粵油 普 yóu

部首：水（氵）

意思：1.（動詞）人或動物在水裏行動，如：游泳。

2.（名詞）江河的一段，如：上游。

組詞：游弋、游移、游禽、游艇、游說、游擊、游牧民族、
氣若游絲

例句：在水中生活的鳥類叫游禽。

遊 粵油 普 yóu

部首：辵（辶）

意思：（動詞）在各處從容地行走。

組詞：遊行、遊玩、遊園、遊歷、遊戲、遊覽、交遊、巡
遊、旅遊

例句：孩子們能從各種遊戲中學到很多知識。

捉字妖訓練營

你分得清「游」、「遊」的用法嗎？試在括號裏填上「游」或「遊」，使句子意思完整。

1. 爸爸多年來不論天氣如何，都堅持每天（　　）早泳的習慣，所以他的身體很強壯。

2. 這次花車巡（　　）的表演真精彩，圍觀的（　　）人不停歡呼拍掌，氣氛熱鬧。

3. 我軍兵力薄弱，只能用（　　）擊戰術，見機行動，突破重圍。

4. 要說服別人，除了要有充分的理據，還要具備良好的（　　）說技巧。

5. 這個星期天，我們一家人計劃到郊外（　　）玩，呼吸一下新鮮的空氣，也舒展一下筋骨。

6. 我們班的游子軒常打趣說：「慈母手中線，（　　）子身上衣」，說的就是他身上的衣服，惹得我們捧腹大笑。

寒暄並不喧嘩

爸爸説：「今天我在審稿的時候捉到了一個字妖，那還是出自一位比較有名氣的作家之手呢。所以讓我先來考考你們，看你們會不會寫錯？」

什麼字啊？連大作家都會寫錯？大家都豎起耳朵專心聽着。

「你們説，平時我們在路上見了熟人，都要寒暄一番，這『寒暄』應該怎麼寫啊？」爸爸出題了。

家俊立即在紙上寫下了「寒喧」兩個字。

家傑坦白地説：「我不會寫這個詞語。」

媽媽稍一思索，在紙上寫下了「寒暄」一詞，她説：「我知道你的意思了，這『寒暄』的『暄』字，是有很多人弄不清楚，會寫成『喧』字的。」

家傑説：「咦，這兩個字不一樣嗎？」

爸爸説：「你再仔細看看，一樣嗎？」

家傑端起這張紙看了一下，笑道：「噢，真的不一樣，一個是『日』字旁，一個是『口』字旁。」

媽媽説：「有人説，『寒暄』和『寒喧』都可以，是不是呢？」

爸爸搖搖頭說：「這個說法是不對的。只要看這兩個字的部首，就可知道它們的區別了。『喧』字是『口』作部首，所以字義與聲音有關，表示大聲，聲音雜亂，常用的詞包括：喧嘩、喧囂、喧鬧、喧嚷等，都是指很多人在一起大聲說話和叫喊，成語『喧賓奪主』的本意就是指客人的聲音比主人還大，蓋過了主人的聲音，反賓為主了。」

家俊插嘴問道：「那麼『日』字旁的『暄』是什麼意思啊？這個字很少見，所以我一直都寫成『寒喧』呢。」

爸爸說：「這個字有『日』字旁，意思是指太陽的溫暖。你們看，這兩個字的意思是完全不同的，只是因為讀音相同，字形又相似，所以很多人都會寫錯。」

家傑不理解了：「那麼，『寒暄』這詞是什麼意思呢？與別人見了面怎麼要『寒暄』呢？」

媽媽笑了，說道：「你們小孩子就不懂這個了。大人們見了面，一般都會聊聊天氣怎麼樣，比如說：『哈哈，今天天氣很好啊，不冷不熱！』或者說：『啊呀，前幾天挺暖和的，今天怎麼變冷了呀！』這些談談天氣冷暖的兩個形容詞放在一起用作動詞，就是應酬話『寒暄』。」

爸爸說：「所以『寒暄』不能寫成『寒喧』，朋友之間的客套話是很文雅很客氣的，並不喧嘩的呀。」

今天天氣真好！

字妖檔案

喧 粵 圈 普 xuān

部首：口（口）

意思：（形容詞）聲音很大很雜亂。

組詞：喧嘩、喧鬧、喧擾、喧嚷、喧囂

例句：大街上這麼喧鬧，到底發生了什麼事啊？

暄 粵 圈 普 xuān

部首：日

意思：（形容詞）太陽般的温暖。

組詞：寒暄（兩個形容詞一起用作動詞）

例句：朋友們見了面，總要寒暄幾句。

1. 「宣」字可以跟哪些部首組成新的字？這個新的字可組成什麼詞語？試完成下面的文字算術題。

(1) 氵＋宣＝◯ → 組詞例子：＿＿＿＿＿＿＿

(2) ▢ ＋宣＝暄 → 組詞例子：寒暄

(3) ▢ ＋宣＝萱 → 組詞例子：萱草

(4) ▢ ＋宣＝◯ → 組詞例子：喧鬧、＿＿＿＿＿＿

2. 用「口」字和「日」字作部首的字有很多，它們的字義大多與部首有關，試各舉出六個用「口」字或「日」字作部首的字吧！

(1)「口」字部的字：＿＿＿＿＿、＿＿＿＿＿、＿＿＿＿＿、

＿＿＿＿＿、＿＿＿＿＿、＿＿＿＿＿

(2)「日」字部的字：＿＿＿＿＿、＿＿＿＿＿、＿＿＿＿＿、

＿＿＿＿＿、＿＿＿＿＿、＿＿＿＿＿

令人眼花繚亂的 「辦辨 辯 辮 瓣」

今天的捉妖會上家傑首先發言：「啊呀，今天有幾個字真是把我弄糊塗了，我和同學爭論了很久，還沒有弄清楚！」

媽媽看着他那無比煩惱的樣子疼愛地笑道：「快說來聽聽，究竟是哪個字妖讓我們家傑這麼傷腦筋啊？」

家傑說：「今天午間休息時我在操場上玩，回到教室裏，看見我的桌上有一張紙條，是班長寫給我的，說：『楊老師要你到她的辦公室去。』」說着，家傑在紙上寫下了「辦公室」三個字。

家俊一看就哈哈笑了：「怎麼他把『辦公室』寫成『辨公室』了，你們班長的語文水平不行啊！」

家傑說：「其實他的語文成績挺好的，我想可能他是匆匆忙忙寫錯了。他正好在教室，我就走過去對他說：『你把「辦公室」寫成「辨公室」了。』他一看紙條自己也笑了，說：『啊呀，我怎麼寫了這個呀！』」

「這不是很好嗎？他也知道自己寫錯了。」媽媽不知道家傑為什麼煩惱。

「好笑的事還在後面呢，」家傑說，「坐在班長旁邊的一個男生竟說：『噢，你把「辦公」的「辦」寫成「辯論」的「辯」了！』」

「啊？這哪是辯論的『辯』啊，這明明是分辨的『辨』嘛！」家俊說。

「就是嘛，這同學分不清『辨』和『辯』，我就和他爭了起來。我說，辯論的『辯』字中間是語言的『言』字；班長寫的是分辨的『辨』，中間是一點一撇。可是他不服氣，說什麼辯論就是要分辨錯和對，所以是分辨的『辨』。我知道他說得不對，可是又不知道該怎麼說服他。」

爸爸說：「這個道理很簡單，家俊應該懂得怎樣解釋，家俊，你說說看！」

家俊胸有成竹地回答道：「好，我來解釋！我們辯論時用的是語言，說着話來辯論，所以這個『辯』字中間的是『言』字；

分辨是非、辨別對和錯就是要把是和非、對和錯分開來，所以這個字中間是一點一撇，好像把什麼東西撥到一旁去，把兩樣東西分開，所以辯論不能寫成『辨論』。」

爸爸説：「對，家俊都説對了。這幾個字還有兩個長得差不多的同伴呢，誰知道？」

家俊想了一會，沒想出來。

爸爸説：「這兩字你們比較少用，所以可能不知道。它們一個是花瓣的『瓣』字，兩個『辛』字的中間是個『瓜』字；另一個是『辮』字，中間是個『糸』字，它的意思是辮子或是編得像辮子似的東西。」

媽媽和家俊都舉手發問，媽媽讓家俊先説。家俊問：「這些字的部首是什麼？『辦、辮、辯、瓣』的部首是不是『力、糸、言、瓜』？那麼『辨』字的部首是什麼呢？一點一撇，好像沒有這個部首的。」

爸爸説：「一般人很容易認為『力、糸、言、瓜』是它

們的部首，其實錯了。這五個字中，『辦、辨、辯』的部首都是『辛』字，但『辮』的部首是『糸』，『瓣』的部首是『瓜』，不要弄錯了。」

媽媽接着問：「我見過有人寫『一瓣蒜』，也有人寫『一辮蒜』的，究竟哪個對？」

爸爸說：「這個問題問得很好。告訴你們：兩個都對！」

啊？兩個都對？大家又弄糊塗了。家傑說：「爸爸，我剛剛才把這幾個字弄明白，你這麼一說，我又不明白了！」

爸爸笑了：「不怪你，這兩個詞語是指兩種東西，所以兩個都對。『瓣』可以作為量詞，用於花朵或種子、果實、球莖分開後的小塊，例如**桔子瓣**、**花瓣**、**豆瓣**等等。假如你把一顆大蒜掰開，裏面的蒜**一瓣瓣**散了開來，**每一瓣**就叫『一瓣蒜』。而一辮蒜呢，你們可能都沒見過。有機會到農村去，就可見到農家常常把從農地裏採收下來的大蒜，連着長長的莖葉編成一條條長辮子，掛在牆上，便於收藏，這些大蒜辮子就叫做『一辮蒜』了！」

媽媽搖搖頭：「我真的沒見過，所以就不知道了。」

家傑抓抓頭：「不得了，『辦』、『辨』、『辯』、『辮』，又來一個『瓣』，弄得我眼花繚亂，頭都昏了！」

辦 粵扮[6] 普 bàn

部首：辛

意思：（動詞）處理事務。

組詞：辦公、辦法、辦理、辦事處

例句：你辦事，我放心。

辨 粵辯 普 biàn

部首：辛

意思：（動詞）辨別，認出來。

組詞：辨別、辨認、辨識、分辨、明辨是非

例句：知識豐富了，能提高我們分辨是非的能力。

辯 粵辨 普 biàn

部首：辛

意思：（動詞）爭論是非曲直。

組詞：辯論、辯護、爭辯

例句：真理只會越辯越明，所以我們不怕辯論。

辮 邊 biàn

部首：糸

意思：1.（名詞）髮辮。

2.（量詞）用於編成像辮子的東西，如：一辮蒜。

組詞：辮子

例句：《辮子姑娘》是一個經典的童話故事。

瓣 飯／辦 bàn

部首：瓜

意思：1.（名詞）花瓣。

2.（量詞）用於花瓣、葉片、種子或果實等分開的小塊。

組詞：豆瓣醬、一瓣蒜、一瓣瓣

例句：池塘裏的蓮花，花瓣都快掉光了。

捉字妖訓練營

下面的句子中藏着一些錯別字字妖，快快把它們圈出來，然後在空格內寫上正確的字。

1. 你別跟我爭辨了，是非黑白很清楚，你還不能分辯嗎？

2. 我沒去過爸爸的辦公室，他不帶我們去，怕影響別人辦公。

3. 這個女孩頭上紮了兩根小辨子，很可愛。

4. 把橙剝了皮，裏面的橙肉分成很多辦。

5. 這對孿生兄弟很相像，不容易分辦出誰是哥哥誰是弟弟。

6. 只憑這一片花瓣，我怎麼分辯得出它原本是什麼花？

這**班**人都走**斑**馬線

討論完這個問題，家俊說：「今天我捉到的字妖倒是和家傑說的幾個字的情況差不多。」

家傑聽了很興奮，急忙問：「真的？這麼巧！快說說你的！」

家俊說：「今天我回家時，經過一個修路工地，看見一塊木牌，上面寫着：『班馬線油漆未乾，請繞道走。』用的是這個『班』。」家俊在紙上寫了個「班」字。

　　家傑一看就叫了起來：「我知道，寫錯了！這是『班級』的『班』，應該是這個『斑』！」他在紙上寫了個「斑」字。

　　爸爸說：「你們都說得對。可是誰能解釋一下，為什麼『斑馬』用的是這個『斑』呢？」

　　家傑答不上來。家俊想了一下說：「我們平時說『斑點、斑紋』都是用這個『斑』字，那麼斑馬的身上有很多條紋，所以就叫牠『斑馬』，而不是『班馬』了。」

　　「那麼『班』字呢？我們用在哪些地方？」媽媽考他們。

家傑舉手：「我知道：**班級、班長、班主任、上班、下班、馬戲班**……」他一口氣說了一串。

爸爸笑了：「你的例子都對。『班』是指為了工作或學習而編成的一個個組織，也指一天之內工作的一段時間，你的例子都是這兩個意思。我們還常說『**班機、班車**』，這是指有固定路線和排定時間開出的交通工具。在這些情況下，都不能用『斑』。」

媽媽問：「那麼，成語『班門弄斧』裏的『班』是什麼意思呢？」

爸爸說：「這裏的『班』是指古代有名的木匠魯班，在他門前擺弄斧頭，就是在行家面前勉強賣弄本領，那是不自量力。」

媽媽又問：「我們常說『可見一斑』，這裏面是用『斑』字吧？」

爸爸答道：「這句成語的全文是『管中窺豹，可見一斑』，意思是通過竹管子的小孔來看豹，只看到豹身上的一塊斑紋，比喻只見到事物的一小部分。有時單用『可見一斑』，比喻從觀察到的部分，可以推測全貌。這裏的『斑』是指豹紋，應該用『斑』字。」

家俊說：「這『班』和『斑』的例子就像剛才的『辦辨辯辮瓣』五字，它們基本字形相近，只是中間部分不同。」

爸爸說：「其實兩個例子有一點不同。我們知道剛才『辦』那組字中，『辦、辨、辯』三字的部首都是旁邊的『辛』字，可是這『班』和『斑』的情況則不同。『班』的部首是『玉』字部，而『斑』的部首卻是中間的『文』字！你們查字典時要注意這一點。」

家傑感到奇怪：「真不明白，怎麼會不一樣的呢？」

爸爸說：「什麼規律都有一些例外，往往不是千篇一律的。噢，對了，忘了告訴你們：『班』字也可作量詞，用在人羣，例如說：這班人，這班小朋友……」

「這班人都走斑馬線，很守規矩。」家俊馬上造了個句子，並說：「這兩個字可不能弄混啊！」

班 粵 頒 普 bān

部首：玉（王）

意思：1.（名詞）為了工作和學習等目的而編成的組織，如：
班別、進修班。

2.（形容詞）按排隊的時間開行的，如：班機、班車。

3.（量詞）用於人羣，如：一班人。

組詞：班長、班級、上班、班主任、馬戲班、班門弄斧

例句：採用小班教學，老師能更了解學生們的情況。

斑 粵 頒 普 bān

部首：文

意思：1.（名詞）物體表面的點狀或條狀花紋。

2.（形容詞）顏色雜亂，如：斑斕。

組詞：斑白、斑竹、斑馬、斑紋、斑駁、斑點、管中窺豹，
可見一斑

例句：這些帶斑點的竹子我們稱之為斑竹。

捉字妖訓練營

1. 「班」和「斑」可以分別和下面的哪些字相配，組成有意義
   的詞語？選出適當的字，與「班」或「斑」組成詞語，然後
   填在相應的空格內。

> 會　駁　點　鳩　斕　機　紋　級

(1) 班	(2) 斑

2. 「班」和「斑」都是左中右結構的漢字，而且各自的左、右
   結構一樣，還有哪些字跟它們一樣是左中右結構，而且左右
   結構一樣的？

(1) 班 ＝ ☐ ＋ ☐ ＋ 王

(2) 斑 ＝ ☐ ＋ ☐ ＋ 王

(3) 弼 ＝ ☐ ＋ 百 ＋ ☐

(4) ☐ ＝ 弓 ＋ ☐ ＋ 弓

臘梅花似蠟不是蠟

媽媽説:「今天我去一家雜貨店買東西,在那裏捉到一個字妖。看看家俊、家傑是不是能分得清?」

「是什麼字呀?媽媽你講吧!」家俊和家傑都很好奇。

「那家雜貨店的牆上貼着一張紙,上面寫着:『蠟肉大平賣!三十元一斤,五十元兩斤』。」媽媽在紙上寫下了這句話,「你們看出哪個是字妖了嗎?」

家傑沒有作聲。家俊橫看豎看,説:「好像都對的呀?是不是『平賣』錯了?還是⋯⋯『蠟肉』的『蠟』?」他沒有把握。

媽媽説:「我再講個例子,這就更清楚了。也真是湊巧,後來我又到一家花店裏去訂個花籃。店裏有個長瓶子,裏面插着好多枝黃澄澄的花,旁邊寫着:『新鮮蠟梅花,十元一枝』⋯⋯」

沒等媽媽説完,家俊就搶着説:「我知道了,你的意思是説這兩家店裏,都把『臘』字寫成『蠟』字了?」

「是呀,應該是『臘肉』和『臘梅』呀!」媽媽邊説邊在紙上寫出來。

家俊説:「究竟是『蠟肉』還是『臘肉』我弄不清楚。可是,

我想『蠟梅』是對的。你想想看！那一朵朵金黃透明的小花，真是像用黃色的蠟做成的那樣，所以叫做蠟梅花呀！」

爸爸笑了：「你這孩子，真會狡辯！這樣解釋你的『蠟梅花』！」

「難道不是嗎？」家俊反問，「那應該怎麼解釋呢？」

爸爸説：「我看你是不明白這『臘』字的意思。『臘』指的是農曆十二月。那是因為古代人在農曆十二月裏合祭眾神，這叫做『臘』，所以農曆十二月就叫做臘月。農曆十二月初八叫臘八，人們在那天會吃臘八粥。臘梅花是在冬季開花的，特別耐寒，所以叫臘梅──十二月裏開的梅花。正好它的花瓣澄黃又是半透明的，真的好像蠟做的那樣，所以很多人會寫錯。」

家傑説：「這我明白了。可是『臘肉』為什麼要用『臘』字呢？這肉和臘月有什麼關係呢？」

「這我知道，我來説。」媽媽搶在爸爸前開口，「因為人們都是在冬天，尤其大多是在臘月醃製魚肉雞鴨，然後再風乾或熏乾，這樣食物才不易變壞。臘腸也是在臘月製作的，這些食品統稱叫臘味。」

爸爸説：「與『臘』、『蠟』相似的字還有『邋』、『獵』。『邋』

字我們常用在『邋遢』一詞裏，意思是不整潔；『獵』字是『犬』部的，與野獸有關，是捕捉禽獸的意思。」

家傑問：「那麼，蠟燭的『蠟』字為什麼是『虫』字部呢？」

「因為蠟是動物、礦物或植物所產生的油質，人們最早發現的蠟是產自蜜蜂巢裏的蜂蠟，所以用『虫』字當部首。」

「嗯，爸爸，你這麼一解釋，我就很清楚了。」家傑說。

家俊嘴裏唸着：「臘梅花似蠟不是蠟，臘月裏打獵製臘味，真有意思。」

字妖檔案

臘 _粵蠟 _普là

部首：肉（月）

意思：1.（名詞）古代在農曆十二月裏合祭眾神，叫做臘。

2.（名詞）冬天醃製後風乾或熏乾的魚、肉、雞、鴨
等肉類。

組詞：臘月、臘肉、臘味、臘腸、臘八粥

例句：每年的臘月初八，我們家都習慣喝臘八粥。

蠟 _粵臘 _普là

部首：虫

意思：（名詞）動物、礦物和植物所產生的油質，能燃燒，
易熔化，不溶於水。

組詞：蠟筆、蠟像、蠟染、蠟燭、白蠟、蜂蠟

例句：在還未發明影印機之前，人們都是用蠟紙來複印文件
的。

獵 粵 鬣 (lip⁶) 普 liè

部首：犬（犭）

意思：（動詞）捕捉禽獸。

組詞：獵人、獵取、打獵、狩獵

例句：原始社會的人多以打獵為生。

邋 粵 蠟 普 lā

部首：辵（辶）

意思：（形容詞）不整潔。

組詞：邋遢

例句：他的衣服上沾着各種各樣的污跡，真邋遢。

捉字妖訓練營

「臘」、「獵」、「蠟」、「邋」這幾個字各是什麼部首的？從部首推想，它們的字義應與什麼事情有關？

1. 「臘」：部首是 ＿＿＿＿＿＿＿＿＿＿，由此推測「臘」的字義

　　應與 ＿＿＿＿＿＿＿＿＿ 有關。

2. 「獵」：部首是 ＿＿＿＿＿＿＿＿＿＿，由此推測「獵」的字義

　　應與 ＿＿＿＿＿＿＿＿＿ 有關。

3. 「蠟」：部首是 ＿＿＿＿＿＿＿＿＿＿，由此推測「蠟」的字義

　　應與 ＿＿＿＿＿＿＿＿＿ 有關。

4. 「邋」：部首是 ＿＿＿＿＿＿＿＿＿，意思是「忽走或忽停」，由

　　此推測「邋」的字義應與 ＿＿＿＿＿＿＿＿＿ 有關。

13 「複、復、覆」複複雜雜

「爸爸，該你了！」家傑催爸爸。

「來了，來了！」爸爸笑着應道，「來，家俊，家傑，你們每人都拿枝筆，我給你們一個聽寫練習！」

啊？爸爸要考考我們？

他們都乖乖地拿出紙和筆，心裏猜想着爸爸的葫蘆裏賣的究竟是什麼藥。

爸爸說：「把我讀的詞語寫下來：『複雜』、『復原』、『覆蓋』。怎麼樣，寫完了嗎？」

家俊和家傑都先後交了卷。爸爸看了看兩人寫的，遞給媽媽說：「你看，兩人錯得一模一樣！」

媽媽一看也笑了，說：「你們倆真是一對難兄難弟！」

家俊家傑急忙問道：「都錯了嗎？錯在哪兒啊？」

爸爸把兩張紙攤開來，指着他們寫的詞語說：「不是全都錯了，有些對，有些錯。你們看，這三個詞語它們的第一個字寫法是相同的嗎？」

「不同的嗎？」兄弟倆同聲問道。因為爸爸這樣講，那一定

是不一樣的了。

「當然啦，這三個字是不一樣的，所以我才要考考你們。很多人會弄不清的。瞧，你們倆都用了『復』這個字，它用在『復原』一詞中是對的，用在另外兩個詞裏就不對了，所以説你們不是全都錯了，只是三個字裏錯了兩個。今天捉字妖捉到你們倆的頭上了！」

「噢，我想起來了，『複雜』的『複』是另外一個字，是單數複數的『複』，我學過的！」家俊説。

「是啊，我想你是應該學過的，怎麼忘了呢？」爸爸説。

家俊不好意思地抓抓頭笑着。

家傑催爸爸：「爸爸，快點講講，是哪三個字，怎麼區別啊？」

「這三個字的讀音接近，但也是有差別的：『複』、『覆』，粵語裏都讀成『福利』的『福』，而『復』應該讀成『服務』的『服』。在字形上，它們主要的組成部分也相同，只是部首不同：『複雜』的『複』字是『衣』字部，它與『單』字相對，意思是不止一個，是多數，剛才家俊説的『單數複數』的例子就對了；『複雜』的意思就是『多而雜，不是那麼單純』。『復原』的『復』是雙人旁，它的意思是再、又、恢復，『復原』就是『恢復原狀』的意思；至於『覆蓋』的『覆』呢，本義是『底朝上翻過來、蓋住』

的意思，所以我們説『顛覆』、『覆滅』，但是它也有回答的意思，所以我們也用於『答覆』、『覆信』。」

媽媽説：「我見過『複合』和『復合』這兩個詞語，不過它們的意思可不同了。」

「對，『複合』是指兩個以上的東西合在一起，結合起來，如『複合詞、複合材料』；而『復合』是指分開了以後再次合在一起，常指復婚的男女。」

家傑感歎道：「啊呀，『複』、『復』、『覆』，真複雜呀！」

爸爸説：「現在中國內地的簡體字系統裏就把這三個字統統去掉部首，都寫成『复』字。」

家俊説：「哈，這倒方便了，不用記那麼多字！」

媽媽説：「瞧你這懶鬼！方便是方便了，可是中國傳統文字的魅力就沒有了。」

「這就是簡體字的利和弊啊！凡事都沒有十全十美的。」爸爸説。

複

複 粵福 普fù

部首：衣（衤）

意思：（形容詞）不是單一的，許多的。

組詞：複數、複習、複姓、複述、重複、繁複、複合詞

例句：中國人的姓氏大部分是單姓，也有一些複姓，如歐陽。

復

復 粵服 普fù

部首：彳

意思：（動詞）轉過去或轉回來，回去，返，回報，再，又。

組詞：復活、復原、復發、報復、回復正常、死灰復燃、一去不復返

例句：復活節快要到了，妹妹用心地繪畫復活蛋，還畫了一些可愛的兔子。

覆

覆 粵福 普fù

部首：西（覀）

意思：（動詞）底朝上翻過來，蓋住。

組詞：覆沒、覆滅、覆蓋、答覆、顛覆、回覆、覆水難收

例句：這件事很重要，你好好考慮之後再答覆我吧！

捉字妖訓練營

下面的句子中藏着一些錯別字字妖,快把它們圈出來,然後在空格內寫上正確的字。

1. 請儘快答復我這件事成不成。

2. 經過醫生的精心治療,他現在已經康覆,可以出院了。

3. 他們這次打了敗仗,全軍複沒,難怪個個都垂頭喪氣。

4. 車站廣播説,剛才的信號故障問題已修理好,列車服務逐漸回覆正常。

5. 這個問題很覆雜,我要好好想想。

6. 雖然這種家鄉小吃的製作工序繁復,但是外婆看我們這麼愛吃,總是不厭其煩地做給我們吃。

7. 哥哥打籃球的時候與人碰撞了一下,使腳踝的舊患複發,被迫在家休息幾天。

不要崇拜鬼鬼祟祟的人

這次的捉妖會上，家俊首先舉手要求發言。

他說：「今天我在班級的壁報上看到一個字，我總覺得不太對，可是沒把握，不知道到底錯在哪裏，應該是用什麼字，所以可以說這個字妖還沒有完全捉到。」

媽媽說：「到底是什麼字啊？說出來給大家聽聽吧。」

家俊就在紙上邊寫邊說道：「同學的文章裏寫道：『我很崇拜太空人，因為他們能飛上太空……』他這個『崇』字我看上去有點怪怪的，好像不對好像對，好像是這個樣子的字，又好像不是……」

爸爸問家傑：「家傑，你知道這個字嗎？用得對不對呀？」

家傑在紙上寫了另一個字：「祟」，說道：「我只見過這個字，沒見過哥哥寫的那個字。」他指指家俊寫在紙上的「崇」字，繼續說道，「不知道我們說的『崇拜』應該用哪個字？」

家俊仔細看了家傑寫的「祟」字，叫道：「啊？怎麼這兩個字的頭上一個是一座山，另一個是兩座山，究竟應該用幾座山呀？」

爸爸笑道：「如果你認為它們只有這個分別，那就代表你剛才寫錯字了。來！我再分別寫給你們看看。」說着便在紙上清楚地寫出「崇」和「祟」。

「你們看細心些，這兩字不僅頭上不同，下面也不同呢。它們一個是『出』加『示』，一個是『山』加『宗』，很不同的呀！」爸爸接着解釋道。

家俊家傑兩兄弟的頭湊在一起仔細看着兩個字，兩人都笑了：「果然很不一樣的呢！」

爸爸説：「它們不僅字形不一樣，讀音和意思也完全不同，絕對不能搞錯。『崇拜』的『崇』字是這個：『山』加『宗』，它的本意是『高』。我們常説『崇山峻嶺』，説一個人有『崇高的品德』，人們會對某樣的人、事、物『崇拜』、『尊崇』，到處向人『推崇』；至於那個『出』加『示』的『祟』字，是個貶義字，原意是指鬼怪或鬼怪害人，借以指稱不正當的行動，如我們常説一個人的行為不夠光明正大，就是『鬼鬼祟祟』；説人們頭腦裏的迷信思想『作祟』等等。你們別看它們的外形相似，意思卻是天差地遠呢！」

家傑端詳着這兩個字，笑着説：「我有辦法認得它們了！你們看，這『崇』字一座高山頂在頭上，顯得多麼威武莊嚴，所以是帶好意的字。可是那個『祟』字呢，唉，把兩座山疊在一起，一副鬼頭鬼腦的樣子，一看就是不懷好意的！」

他的話把大家逗得哈哈大笑。媽媽説：「你還真有創意呢，把這兩個字形容得這麼有趣！」

家俊説：「家傑説得好，現在我也不會忘記這兩個字了。記住：不要崇拜鬼鬼祟祟的人啊！」

爸爸誇獎他説：「你的造句也很有創意啊！」

字妖檔案

崇 粵 宋[4] 普 chóng

部首：山

意思：1.（形容詞）高。

2.（動詞）重視、尊重。

組詞：崇高、崇拜、崇敬、推崇、尊崇、崇山峻嶺

例句：「高山仰止」是指一個人的品德崇高，如大山那樣令人
仰望。

祟 粵 睡 普 suì

部首：示

意思：1.（名詞）鬼怪，鬼神帶給人的災禍。

2.（形容詞）不正當、不光明的行動。

組詞：作祟、鬼祟、鬼鬼祟祟

例句：他的行為鬼鬼祟祟的，看來不是好人。

1. 「崇」和「祟」可以和以下哪些字相配組成有意義的詞語？
   選出適當的字，與「崇」或「祟」組成詞語，然後填在相應
   的空格內。

| 推 | 尚 | 作 | 高 |

| 拜 | 鬼 | 洋 |

| (1) 崇 | (2) 祟 |

2. 以下是一些字形相近的常見錯別字例子，試找出左右兩個字
   在字形上的不同之處，用熒光筆塗上顏色。

例 **貪** （組詞：貪心）　　**貧** （組詞：貧窮）

(1) **盲** （組詞：盲目）　　**肓** （組詞：病入膏肓）

(2) **響** （組詞：聲響）　　**嚮** （組詞：嚮往）

軟綿綿的綿羊毛
不能做棉衣

家傑接着說：「今天我捉到一個字妖！放學時經過一家服裝店，看見店門口的廣告牌子上寫着：『綿織品全部大減價』。」他在紙上寫下了「綿織品」三個字，「我想，他們一定是寫錯了！」

家俊搶着說：「肯定寫錯了，應該是木字旁『棉花』的『棉』字！」

爸爸說：「你們都說得對！可是，能不能說說道理呢？」

家傑不假思索地說：「棉花是植物，所以用『木』字部首。那個『綿』字呢……我就不清楚了。」

家俊問：「這個『綿』是以『糸』字作部首的，我記得老師曾經說過『糸』部意思和絲有關，可是綿羊和絲到底有什麼關係呢？」

媽媽笑着説：「家俊這個問題問得好，我也要聽爸爸講講呢。」

爸爸解釋説：「木字邊的『棉』是指棉花或是像棉花的絮狀東西，所以我們也用在『石棉、晴綸棉』等詞中。那個『綿』字呢，它是從『糸』部，『糸』即是細絲，所以用蠶絲製成的絲綿一定是用這個『綿』字的。『綿』字除了用作名詞外，還可作形容詞，有柔軟、薄弱、長久的意思，例如我們常説『略盡綿力』就是這意思。綿羊身上的毛柔軟，可織成毛線、毛衣，與棉線、棉衣不同，所以是用這個『糸』字旁的『綿』字。」

家傑邊思索邊説：「我們穿的是軟綿綿的棉衣，但是軟綿綿的綿羊毛不能做棉衣。」

媽媽笑了：「家傑，你又來總結了！」

爸爸説：「家傑總結得不錯呀！好，以後你多多做總結。」

棉

粵 眠　普 mián

部首：木

意思：（名詞）一年生草本植物，種子外有白色的絮，可供紡織及做衣被用。

組詞：棉衣、棉花、棉絮、棉線、木棉

例句：這片棉花田裏的棉花長得真好，今年看來是個豐收年。

綿

粵 眠　普 mián

部首：糸

意思：1.（名詞）蠶絲結成的像棉花的東西，可用作製成衣物、被子等。

2.（形容詞）性質像絲綿的，軟弱、單薄。

3.（動詞）延續不斷。

組詞：綿羊、綿延、綿密、綿薄、海綿、軟綿、連綿、絲綿

例句：遠處的山脈綿延千里。

捉字妖訓練營

下面的對話裏所有「棉」和「綿」字都不見了，快把它們放回正確的空格內吧！

孩子：媽媽，那叔叔在賣白白的、一團團的東西，是什麼呀？

媽媽：那叫 1.　　　 花糖。

孩子： 2.　　　 花糖？

媽媽：是啊，我以前很喜歡吃的呢！你看，這團東西白白的、
軟 3.　　　 4.　　　 的，像 5.　　　 花一樣，所
以叫它 6.　　　 花糖。

孩子：我覺得，它更像我們現在用的絲 7.　　　 被裏面的絲
8.　　　 。

絲 9.　　　 比 10.　　　 花更白更輕，像雲霧一樣。

媽媽：你說得對啊，比喻用得也很貼切呢！

噪音令人心情煩躁 皮膚乾燥

家俊提醒媽媽：「媽媽，該你了，捉到字妖了嗎？」

「當然捉到了！是我前幾天在報紙上捉到的，這句話是勸大家在金融海嘯中『稍安毋燥』。」媽媽在紙上寫下了後面這四個字，「你們看，哪個是字妖？」

家傑不識「毋」字，說：「是不是這個『母』字寫錯了？」

其他人都哈哈大笑。家俊笑過後老實地說：「其實我也不知道哪個字錯了，可是我知道『毋』這個字是有的，不是『母』字寫錯。」

「那這個『毋』字是什麼意思呢？」媽媽問家俊。

「嗯……好像是『不要、別』的意思，是吧？」家俊猶疑地回答道。

「對！那麼，這四個字放在一起是什麼意思呢？」媽媽追着他問。

「稍……安……毋……燥？」家俊想了一會，不得要領，「不，不知道。」

家傑也搖搖頭，望着爸爸媽媽等待他們解釋。

媽媽望望爸爸，爸爸說：「你來解釋吧，這是你捉到的字妖。」

「好吧，」媽媽說，「你們看，這個『燥』字是什麼部首？」

「『火』字呀！」家俊、家傑同時回答。

「對，『火』字作部首，所以它的意思是缺少水分、乾燥、燥熱，上火了呀！與它相似的字有幾個：躁、噪、澡、藻。現在我們看見的是『稍安毋燥』四個字，它的本意是要人們面對經濟不穩不要心煩不要急，要心平氣和要冷靜。你們看，應該用哪個字呀？」媽媽在紙上寫出了幾個和「燥」長得很像的字。

兄弟倆把這幾個形狀差不多的字看了一遍，不約而同地用手指着「躁」字說：「應該用這個！」

「為什麼呢？」媽媽問。

家傑搶先回答：「『水』字作部首的是『洗澡』的『澡』；『口』字作部首的是『噪音』的『噪』：那個『藻』字是什麼意思我不知道，但是有草字頭，應該是一種植物吧？所以只剩下『躁』字了。可是，為什麼是足字旁呢？」

媽媽說：「『藻』是『海藻』的『藻』字，你說對了，那是一種植物。的確，其他字都不合適，剩下的只有『躁』了，它的意思是性急、不冷靜。我們常說『急躁』、『煩躁』，用的就是這個字。」

「那這個字為什麼是足字旁？它好像應該用『心』字作部首啊。」家傑說。

「你想想，當你生氣發脾氣的時候，是不是愛頓腳啊？」媽媽笑着說。家傑不好意思地笑了。媽媽說得對，他吵鬧的時候總愛頓腳。

這次家俊主動來作總結了，他說：「我來造個句子：噪音令人心情煩躁皮膚乾燥！」

爸爸說：「你也總結得很好！『躁』、『燥』這兩個字發音相同，字形也很相似，人們很容易把它們混淆。怪不得連報紙上也出錯。以後只要記住：多火少水是乾燥，頓腳發急是煩躁，那就不會用錯了。」

燥 粵醋 普 zào

部首：火

意思：（形容詞）沒有水分或水分很少。

組詞：燥熱、乾燥、風高物燥

例句：好久沒下雨了，天氣乾燥炎熱，真叫人受不了。

躁 粵醋 普 zào

部首：足（𧾷）

意思：（形容詞）性急，不冷靜。

組詞：躁動、急躁、煩躁、暴躁

例句：他的性子很急，脾氣暴躁，常因一點小事就發怒。

噪 粵醋 普 zào

部首：口（口）

意思：1.（動詞）大聲叫嚷。

2.（形容詞）嘈雜、刺耳的；廣為傳揚的。

組詞：噪音、聒噪、名聲大噪、名噪一時

例句：現在已經是深夜了，你不要發出噪音，擾人清夢。

澡 粵 醋／早　普 zǎo

部首：水（氵）

意思：（動詞）沖洗，主要用在身體。

組詞：洗澡、澡盆、澡堂

例句：每天洗澡，保持身體清潔。

藻 粵 早　普 zǎo

部首：艸（艹）

意思：（名詞）泛指生長在水中的綠色植物。

組詞：水藻、海藻、藻類植物

例句：有些海洋生物是以水藻為食糧的。

捉字妖訓練營

下面的文字方格陣中，藏着很多與「藻」、「躁」、「操」、「澡」、「噪」、「燥」組合而成的詞語，你能找出多少個？把它們都圈出來吧！

噪	澡	盆	洗	燥
音	河	綠	澡	熱
水	海	藻	造	操
藻	乾	類	暴	練
煩	燥	急	躁	動

17

我贊成你對他們的讚賞

爸爸説：「今天我捉到的字妖，其實在中國內地用的簡體字裏都是一樣的字，可以通用，但是嚴格説起來它們是不同的字，意思很不同，所以我希望你們能分得清。」

家俊性急地説：「爸爸，別賣關子了，快説，究竟是什麼字啊？」

爸爸説：「讓我先來考考你們。聽着：假如説，家俊家傑考試都得了一百分，爸爸媽媽肯定會説：『好啊，你們倆都考得很好，真是好孩子！』你們應該用哪個動詞來描述爸爸媽媽的這些話？你們寫下來。」

家俊在紙上寫下了「贊賞」兩字，家傑想了一想，寫下了「稱贊」兩個字。

爸爸媽媽一看都笑了。

爸爸説：「看來這個字妖我是捉對了，不捉不行。瞧，你們倆都寫錯了！」

家俊很驚訝：「不是這兩個字嗎？錯在哪裏？」

爸爸拿起筆，在他倆寫的「贊」字旁邊加上了一個「言」字

部首，説：「看清楚了，應該是有個『言』部首的『讚』！」

家俊説：「是嗎？我一直以為是這個『贊』呢，好像很多人都是這麼用的。」

爸爸説：「我不是説過嗎？現在簡體字系統裏不論『讚』或『贊』，統統都用『赞』，所以假如是在中國內地考試的話，你們寫的都是對的。」

家傑問：「那麼，這兩個字有什麼區別呢？為什麼要分開用呢？」

爸爸説：「嚴格説起來，這兩字的意思是很不同的。『贊』，是幫助、同意的意思，我們用在『贊成』、『贊助』、『贊同』

等詞語中；而『言』字部的『讚』才是誇獎、稱讚的意思，所以凡是帶有此種意思的詞語裏，我們都應該用這個『讚』字。你們試試看用『言』字部的『讚』組一些詞語，看誰組得多！」

家俊首先開口說：「讚揚、讚美！」

家傑受到了啟發：「讚美詩！」他隨爸爸媽媽去過教堂，見過唱讚美詩的唱詩班。

「三個詞語都對，還有呢？」媽媽說。

「讚賞！稱讚！」家傑想起剛才他和家俊寫錯的詞。

「讚歎！我在報紙上看到過，說某個演員的演技令人讚歎。」家俊說。

「對！這些都是常用來表示稱讚的詞語，還有其他的呢，可能你們用得比較少，比如：讚頌、讚許，還有讚語，即是讚美的話，讚美人或事物的歌曲或詩文就叫做讚歌。總之，都離不開稱讚的本意。」

媽媽笑着說：「家俊，家傑，你們讀書讀得好，又乖，媽媽非常高興，要稱讚你們是好孩子！」

爸爸說：「我贊成你對他們的讚賞！」他特別加重語氣在「贊」和「讚」這兩個字上面，逗得孩子們大笑：「今天爸爸來做總結了！」

贊 粵 撰³　普 zàn

部首：貝

意思：（動詞）幫助、同意。

組詞：贊同、贊成、贊助

例句：我贊成你的提議，這次我們應該贊助這個有意義的活動。

讚 粵 撰³　普 zàn

部首：言

意思：（動詞）誇獎、稱揚。

組詞：稱讚、讚揚、讚歌、讚美、讚賞、讚頌、讚語

例句：雜技團的精彩表演令人讚歎不已。

捉字妖訓練營

1. 在下面的括號裏圈出正確的字，趕走字妖，使句子意思完整。

(1) 他的建議很好，我（贊 / 讚）成採納這個建議。

(2) 這位球員年紀雖輕，但是身手敏捷，多次得分，讓全場觀眾（贊 / 讚）歎不已。

(3) 我們這次大型慈善活動得到多方面的（贊 / 讚）助，經費不成問題了。

(4) 他新創作的這首歌曲（贊 / 讚）揚父母對孩子的關愛，引起大眾的共鳴，反應很好。

(5) 他的活動計劃考慮周全，執行起來也不難，所以得到絕大多數與會者的（贊 / 讚）同。

(6) 這家甜品店的蛋糕不但賣相精美，而且美味可口，嘗過的人都（贊 / 讚）不絕口。

2. 「贊」字的部首是「貝」，原來「贊」加上別的部首，可成為新的字呢！試舉出兩個例子，寫在下面。

(1)　　贊　　　　(2)　　贊

有知識的人才有智慧

又到了周末,晚飯後,全家人圍坐在一起開始捉字妖。這是他們一家人最快樂的時光呢。

家傑首先發言:「今天我在隔壁班的壁報上捉到了一個字妖,你們大家看看,我捉得對不對?」

家俊説:「什麼?那你對他們班講了嗎?」

家傑説:「我還沒有對他們講,因為我想先在這裏討論一下,看看應該怎樣去講才能把道理講得透徹些。」

爸爸説:「對,你能這樣想很好。我們要先自己弄明白了,才能説服別人。那麼是什麼字呢?」

家傑一邊在紙上寫一邊説:「那篇文章裏有一句話:『我們要做一個有智識的人』,我覺得這『智識』錯了,應該是『知識』才對。」

家俊立刻回應説：「那當然啦，『智』字是『智慧』的『智』，『知識』這個詞裏是『知道』的『知』！這個問題很簡單！」

　　爸爸説：「家俊説對了。可是，你能不能再解釋得深入一些，説説為什麼只能説『知識』而不能用『智識』呢？」

　　這可把家俊難倒了，他抓抓頭憨憨地笑着，回答不出來。

　　媽媽為他解圍：「啊呀，這就是你做爸爸的工作了，當然要你來講清楚呀！」

爸爸說：「其實這個問題並不複雜。『知』這個字本身是個動詞，配詞成『知識』，意思就是人們通過學習和生活體驗獲得了、知道了、懂得了很多經驗、學問和道理，因此可以直接解釋為『知道了的常識』。而『智慧』的『智』字呢，本義是聰明的意思，是形容詞，所以我們把它用在『智者』、『智商』、『智謀』等詞語中，意思都是聰明、明智。『慧』的意思也是聰明，我們把這兩詞放在一起，成為『智慧』，作名詞用，指人具有分析判斷、發明創造的能力。所以要分清楚『知』和『智』，是『知識』不是『智識』，是『智慧』不是『知慧』。」

家俊說：「我想可能因為它們都是指差不多的事情，所以有人會搞錯。」

家傑說：「爸爸這麼一講，我就清楚得多了。有了知識才是有智慧的人，才是智者。對嗎？」

爸爸媽媽同聲誇獎他：「家傑總結得真好！」

「我明天知道該怎麼去對乙班的同學講了！」家傑高興地說。

知 _粵 之　_普 zhī

部首：矢

意思：（動詞）知道、曉得、明瞭。

組詞：知己、知足、知識、知覺、先知、知名人士、知法犯法

例句：這場慈善活動有不少社會知名人士參與，吸引大批傳媒前來採訪。

智 _粵 志　_普 zhì

部首：日

意思：（形容詞）聰明、有見識。

組詞：智力、智商、智慧、智謀、智囊、才智、益智、機智

例句：他的智商很高，是公司的智囊團成員之一。

捉字妖訓練營

以下哪些字可以和「知」或「智」組成有意義的詞語？把它們找出來，然後寫在橫線上。

1.

謀　覺　悉　齒　情　道

組詞例子：_____

2.

會　明　益　能　覺　慧

組詞例子：_____

做好本分工作為民造福

　　家俊皺着眉說：「今天的語文課上，同學們之間為了一個字吵起來了，大家都說自己對，誰也說服不了誰。老師說讓大家回去想想，下次再討論。看來老師自己也弄不清楚。」

　　媽媽問：「老師先不告訴你們，只是想給你們機會，讓你們好好思考一下。究竟是什麼字這麼難搞？」

　　家俊說：「一個同學的作文裏有這麼一句：『這件事在社會上做成了很壞的影響』，老師把『做』字改成了『造』字，那同學不明白，認為自己用『做』字是對的。老師讓大家發表意見，有人說應該是『造』，有人說『做』字也沒錯。」說着家俊在紙上寫下了「做」、「造」兩個字。

　　「哎喲！你說的這兩個字我也不懂分辨，究竟應該用哪個啊？」家傑急切地問。

　　媽媽也認真思考起來：「別說是你們了，這個問題我也說不清，這兩個字的意思很相近啊。」

　　爸爸笑着說：「這是個有趣的問題。這兩個字的意思確實差不多，怪不得你們都糊塗了。好，讓我們來了解一下吧。大家知

道，它們都是動詞，表示製作的意思，要視乎情況選用，所以，我們要懂得區別它們的用法。」

家俊問：「那怎麼分呢？」

爸爸説：「一般來説，『辵』部的『造』字，意思偏重在建造、製造，指要完成一些較為大型的或是抽象的東西，如：造船、植樹造林、打造企業形象、造福人類；『人』字部的『做』，通常是指做出一些具體的物件，如：裁縫做衣服、做手工、做功課。」

家俊似懂非懂地點點頭，又問：「那麼，我的同學寫的那句『這件事在社會上做成了很壞的影響』，用得對不對呢？」

　　爸爸說：「剛才我說了，『人』字部的『做』是指比較具體的東西，句子裏說的是社會影響，它是抽象的啊，現在你自己考慮考慮，究竟應該用哪個字呢？」

　　家俊想了一下，說：「依我說，應該用『辵』部的『造』字，造成了什麼什麼影響。」

　　爸爸說：「說對了，這裏要用『辵』部的『造』字。『人』字部的『做』跟另一個字也是容易被混淆使用的，你們猜得到我指的是哪個字嗎？」

　　看了看家俊、家傑，見他們一臉困惑，媽媽試着猜道：「你說的會不會是『作文』的『作』字？」並在紙上寫出來。

　　爸爸笑了笑，說：「媽媽，你果然明白我的心意。這兩個字的粵語讀音不同，但意思相近，我們寫文章、造句時，有時候會不知道該用『做』還是『作』。」

　　家俊這時急不及待地附和道：「對啊！像『做夢』，我在一些書和文章中會看到它被寫成『作夢』，究竟哪個才是對的啊？」

　　「其實兩個都是對的！因為『做』和『作』常常可以通用，如：表示發出聲音的『做聲』可說成『作聲』，『做主』可說成『作

主』等，但當你把兩詞作比較，你便會發覺，用『做』比用『作』口語化一點。但你們千萬不要以為任何情況下『做』和『作』也可以互換，由於某些詞語我們已經有了習慣的説法，例如：『作弄』、『苦中作樂』等，遇到這類詞語時，還是應該依一貫用法才算恰當。」爸爸耐心地向大家解釋。

　　媽媽聽完爸爸的講解後，補充道：「『作』除動詞用法外，還經常被用作名詞呢，例如：著作、工作、作品等。」爸爸在旁點着頭表示同意。

　　家俊思考了一會，説：「今天讓我來總結：我們要做好自己的本分工作，為民造福。」他一邊依次指着紙上寫着的「做」、「作」、「造」三字，一邊唸出了這個句子。

　　爸爸、媽媽和家傑都鼓起掌來。

造 粵皂 普 zào

部首：辵（辶）

意思：（動詞）建造、製作，常指抽象的事或大型的物體。

組詞：造就、造福、打造、創造、製造、造物主

例句：這片空地將會建造一座新式的住宅大廈。

做 粵皂 普 zuò

部首：人（亻）

意思：（動詞）製作一些具體的物件，從事某種工作或活動。

組詞：做法、做手工、做皮鞋、做衣服、做功課、做買賣

例句：這位鞋匠用牛皮做皮鞋，手藝非凡。

作 粵昨[3] 普 zuò

部首：人（亻）

意思：（動詞）意義和用法與「做」相仿，但「做」字較口語。

組詞：作祟、作案、作惡、作答、作弊、作奸犯科、作惡多端、作賊心虛

例句：他作惡多端，一定會受到法律的制裁。

捉字妖訓練營

你分得清「造」、「做」、「作」的用法嗎？在下面的括號裏填上「造」、「做」或「作」，使句子意思完整。

1. 今天我們在學校好好學習，裝備自己，將來可以貢獻社會，
   （　　）福人羣。

2. 我的手指不靈活，美勞（　　）業總是（　　）不好。

3. 他愛跟人開玩笑，常常（　　）弄人。

4. 唱片公司投放了很多資源幫他宣傳，希望把他打（　　）成一
   顆最耀眼的新星。

5. 你帶來的蛋糕很好吃，是用什麼材料（　　）的？

6. 上個星期天，我參加了（　　）紙體驗工作坊，完成後還用毛
   筆在紙上面寫了自己的名字。

7. 雖然這些蔬果的外表都有些破損，但仍是可以吃的，在媽媽的
   巧手之下，（　　）出了一頓豐盛美味的晚餐。

有皺紋的布叫縐布

媽媽發言了。她說：「那天下班後，我本來想到一家美容院去做面部按摩的，有朋友介紹說這家美容院的美容師手藝不錯。可是，我走到美容院門口，看到他們的廣告牌後，我就打消進去的念頭，轉身回家了。你們猜這是為什麼？」

家傑說：「是不是價錢太貴？」

媽媽搖搖頭。

家俊說：「一定是媽媽捉到了他們的字妖！」

「對了！」媽媽笑着說，「他們的廣告牌上寫着：『包去面部縐紋，一次見效……』」媽媽在紙上寫了「縐紋」兩字，問兩個孩子說：「對不對呀？」

家傑不太認識這個「縐」字，說不出來。

家俊也沒把握，老實說：「既然是字妖，那麼一定有個字是錯的。『紋』字應該是對的，『縐』字嘛，好像對，好像不對。」

媽媽說：「就是這個『縐』字不對！你想想，說人臉上有細紋，應該用哪個詞語呀？」

「不是這個『縐紋』嗎？」

「當然不是這個。我再問你，說人『皺眉頭』的『皺』字怎麼寫啊？」

經媽媽這麼一啟發，家俊想起來了：「我知道了，應該是這個『皺』字！」他在紙上寫下了「皺」字，「是皮皺起來了，所以應該是『皮』字部的！」

爸爸說：「你這麼想就對了，從部首的確能猜想一個字的意思。那麼，美容院寫錯了的『縐』字是什麼意思呢？你們猜猜！」

家傑對部首也有一點認識，他說：「這是用『糸』部的，那麼……是不是和絲綢有關呢？」

媽媽說：「說對了！『縐』是指織出帶皺紋的絲織品或棉織品，這種紡織品叫縐紗或是縐布。人臉上的『皺紋』怎麼能叫『縐紋』呢？真是笑話！所以我一看這廣告就生氣，心想這麼沒文化的美容院好不到哪兒去，對他們就失去信心了。」

　　爸爸對兩個孩子說：「你們看，錯別字的害處多麼大！寫錯字便失去顧客，賺不到錢了！」

皺 粵 奏 普 zhòu

部首：皮

意思：1.（名詞）臉上或物體上的褶紋，如：皺紋。

　　　2.（動詞）在臉上或物體上起褶紋，如：皺眉頭。

組詞：皺巴巴

例句：這個老年人的臉上布滿了皺紋。

縐 粵 奏 普 zhòu

部首：糸

意思：（名詞）一種有皺紋的絲織品或棉織品。

組詞：縐布、縐紗、文縐縐

例句：今天她穿了一件用縐紗做的連衣裙，十分漂亮。

1. 下面的八個字，哪個可以加上「皮」，哪個可以加上「糸」，從而組成一個新的字呢？把組成的字寫在空格內。

(1) 泉 →

(2) 冬 →

(3) 勺 →

(4) 及 →

(5) 頁 →

(6) 己 →

(7) 罔 →

(8) 屯 →

2. 除了上一題組合出來的字，「皮」和「糸」還可以跟什麼部首或部件組合成新的字呢？各舉出兩個例子，寫在下面。

例1 波	(1) 皮	(2) 皮
例2 紋	(3) 糸	(4) 糸
例3 素	(5) 糸	(6) 糸

按照部署有步驟地
按部就班地工作

爸爸説：「今天我在一位同事的工作報告中捉到了一個字妖，這個字，家俊、家傑你們可能不太熟悉，我要考考媽媽！」

媽媽笑着説：「好，來吧！我接受挑戰！」

兄弟倆興致勃勃地看着父母鬥智。

爸爸説：「我們做工作呢，要先訂個計劃，按照計劃的部署，按部就班地開展工作，你説對嗎？」

「對！」媽媽回答。

「現在請你把剛才這句話中的兩個唸『步』的字寫下來。」爸爸説。

「嘿，這有什麼難的？」媽媽一邊説，一邊在紙上寫下了「部」和「步」字。

爸爸問：「怎麼用啊？」

「當然是按次序來的，『部』署、按『步』就班！」媽媽指着兩字説道。

爸爸大笑：「一個對，一個錯啊。看來，我捉字妖要捉到你的頭上來了！」

「啊？哪個錯啊？」媽媽盯着紙上兩字看了一會，恍然大悟，説：「噢，我想起來了！應該是『按部就班』，這個『部』和『步伐』的『步』字是不一樣的！嘿，我一時糊塗了！」

家俊和家傑端詳着紙上兩字，不太明白。

爸爸説：「不怪你，因為它們的發音相同，意思也有些相近，所以很多人也會用錯，連我的同事也不例外呢。」

家俊求爸爸：「爸爸，那你好好跟我們講講吧，讓我們以後不會用錯。」

「我們分別來説説。」爸爸開始解釋：「這『部首』的『部』字，你們大概都應該知道它有『部分、部位』的意思；它有時也作量詞用，如：**一部電影、一部機器**等等；除此以外，其實它在書面語中還有一個動詞的用法，意思是『統轄、統率』，這是人們通常不太注意到的。而『署』是安排的意思，『部署』是一個比較書面化的詞語，意思正正是『安排、統籌』，可用作動詞，也可轉成名詞用，這個媽媽寫得沒錯。」

「那麼『按「步」就班』為什麼不可以？按照計劃一步一步去做，不是可以解得通的嗎？」家俊問。

「這個問題應該這樣解釋：『步』是『腳步、步伐』的意思，字面上好像可以按你說的那樣來解釋，可是『按部就班』是出自古文的一句成語，原意是指作文時用詞選句、篇章結構要合乎規範，安排得當；後來用來指做事要按照一定的條理，遵循一定的程序，循序漸進，而不是一步一步的意思。當然它們的意思有些相近，所以很多人會用錯。」

「那麼，『步』字用在哪些地方呢？」家傑問。

「因為『步』有『行走、腳步、階段』的意思，所以它被用在『步行』、『步驟』、『初步』等詞語中，按照計劃一步一步去做，

就是有步驟地做。這個意思跟『循序漸進』相仿。」

「我知道了，今天我來做總結。」家俊自告奮勇地舉手說。

「你說吧！」

家俊一字一板地造了個句子：「按照部署計劃有步驟地按部就班地安排工作！對不對呀？」他特別強調了三個容易混淆的字。

爸爸笑着說：「雖然囉嗦了一些，勉強還可以，通過！」

字妖檔案

部 _粵捕 _普bù

部首：邑（阝）

意思：1.（名詞）全體中的一份。

2.（動詞）統率、統轄。

組詞：部分、部件、部位、部門、部首、部署

例句：我方軍隊在前線積極部署兵力。

步 _粵捕 _普bù

部首：止

意思：1.（名詞）行走時兩腳之間的距離；階段。

2.（動詞）用腳行走。

組詞：步兵、步伐、步速、步調、步驟、初步

例句：步兵操練時步伐整齊，動作一致。

捉字妖訓練營

1. 你分得清「部」、「步」的用法嗎？在下面的括號裏填上「部」或「步」字，組成有意義的詞語吧！

(1)（　　）驟　　(2)（　　）件　　(3)（　　）署

(4)（　　）伐　　(5)（　　）行　　(6)（　　）隊

(7)（　　）槍　　(8)（　　）落　　(9)（　　）首

2. 下面的文字方格陣中，藏着很多帶有「步」字的四字詞語，你能找出多少個？把它們都圈出來吧！

一	步	登	天	地	雲	步
邯	難	昂	步	踏	下	為
鄲	移	首	七	步	成	詩
學	步	闊	規	行	矩	步
步	健	步	如	飛	登	天

尾聲

　　不知不覺，一個暑假就這麼度過了。孫家捉妖隊捉到了不少字妖，爸爸把它們都記錄下來，說有機會時出書介紹給其他小朋友看。家俊、家傑在捉字妖過程中學到了很多語文知識，認識了不少字，他倆都說：這個暑假過得真開心，真有意義！

小朋友，看完「孫家捉妖隊」的捉字妖經歷，你是不是和家俊、家傑一樣，也學習到很多分辨錯別字的知識了？快來試試接下來的「捉字妖大挑戰」，測試一下自己的能力吧！

第一關

在下面的括號裏圈出正確的字，趕走字妖，使句子意思完整。

1. 這杯鹽水已經到達（飽 / 包）和狀態了。

2. 這齣話劇去年上演時很受歡迎，所以今年會原（班 / 斑）人馬重演。

3. 我們不應該盲目（崇 / 祟）拜偶像。

4. 超級市場裏的貨品應有盡有，（飽 / 包）括日用品和食品。

5. 請你再考慮清楚，明天給我一個明確的答（複 / 覆）。

6. 他每次上興趣班都遲到，還要找（藉 / 籍）口為自己辯護。

7. 挑選傢（具 / 俱），不能單看款式，還要講求實用。

8. 弟弟笑着說：「住在山上的羊叫山羊，渾身是毛的羊就叫（棉 / 綿）羊，是不是呀？」

9. 我這點琴藝，怎敢在你這位大鋼琴家面前（班 / 斑）門弄斧呢？

10. 這個人絕頂聰明，（知 / 智）商很高。

第二關

在下面的空格內填上適當的字，使句子意思完整。

1. 這塊麵 ⬭ 是用黑麥烘烤而成的，對健康有益。

2. 出生不久的嬰兒每隔一小時就要吃奶，還需要細心照料，讓媽媽忙得精 ⬭ 力竭。

3. 這個人行為鬼 ⬭ ，心術不正，所以沒什麼朋友。

4. 這件 ⬭ 襖摸上去軟 ⬭ ⬭ 的，很舒服。

5. 這道算術題需要多個步驟才能解開，有點 ⬭ 雜。

6. 這個孩子很頑 ⬭ ，而且精力充沛，好像不會 ⬭ 倦似的。

7. 請你在申請表上填上你的姓名、年齡、國 ⬭ 和出生地。

8. 這條公共汽車路線的 ⬭ 次很頻密，每隔三、四分鐘就有車來。

9. 那小男孩緊 ⬭ 着眉頭，彷彿有什麼煩惱似的。

10. 我今天的午餐是媽媽做的 ⬭ 腸蒸飯，很好吃！

第三關

下面的句子中藏着一些錯別字字妖，快把它們圈出來，然後在空格內寫上正確的字。

1. 學校的藍球架壞了，我們只好改玩別的活動。

2. 老朋友見了面，少不了要寒喧幾句，説着説着竟然已經天黑了。

3. 這坐商場是剛剛建成的，據説採用了最新的環保技術，減少碳排放。

4. 把這個西瓜切成四辮，分給大家吃吧！

5. 這幅蠟筆畫裏畫的綿花田好像真的一樣。

6. 這套西服洗乾淨後沒有熨過，所以縐巴巴的。

7. 這頭豹皮色金黃，身上有黑褐色的班點，所以名叫金錢豹。

8. 她每天早出晚歸工作，回到家時已皮倦不堪。

9. 學校圖書館裏有很多書藉，既有厚厚的故事書，也有薄薄的繪本，同學們都愛看。

10. 幾年前我跟爸爸媽媽來過這裏旅行，沒想到幾年之間，這裏已有翻天復地的改變了。

第四關

選出適當的字，填在括號裏，組成正確的詞語。

1. 隱、癮

煙（　　） 　　（　　）藏

2. 包、飽

（　　）滿 　　（　　）裹

3. 皮、疲

（　　）勞 　　（　　）夾

4. 具、俱

餐（　　） 　　一應（　　）全

5. 指、趾

腳（　　） 　　（　　）頭

6. 坐、座

（　　）位 　　（　　）吃山空

7. 藍、籃

花（　　） 　　蔚（　　）

第四關（續）

8. 游、遊

上（ 　 ） 　 　 （ 　 ）歷

9. 喧、暄

（ 　 ）嘩 　 　 寒（ 　 ）

10. 辦、辨、辯、瓣、辮

（ 　 ）論 　 　 （ 　 ）別 　 　 （ 　 ）法

髮（ 　 ） 　 　 花（ 　 ）

11. 班、斑

探（ 　 ） 　 　 （ 　 ）點狗

12. 臘、蠟、獵、邋

（ 　 ）人 　 　 （ 　 ）燭 　 　 （ 　 ）肉

（ 　 ）遢

13. 複、復、覆

回（ 　 ） 　 　 重（ 　 ） 　 　 康（ 　 ）

活捉錯別字

14. 祟、崇

推（　　） 　　作（　　）

15. 棉、綿

（　　）絮 　　（　　）薄之力

16. 躁、燥、噪

急（　　） 　　（　　）音 　　乾（　　）

17. 贊、讚

（　　）歎 　　（　　）同

18. 知、智

（　　）覺 　　明（　　）之舉

19. 造、做、作

建（　　） 　　（　　）品 　　（　　）功課

20. 縐、皺

（　　）布 　　（　　）眉

21. 部、步

（　　）驟 　　（　　）門

　　小朋友，完成捉字妖大挑戰的四關之後，檢查一下答案，看看你一共答對了多少題，再對照下面的表，你便可知道自己的捉字妖能力究竟屬於哪一級了！

答對題數	等級	評語
45-51	A	做得很好！你也能當上捉妖隊的成員了！
40-44	B	表現不錯！希望你再接再厲，不斷進步！
30-39	C	不過不失，要多多努力啊！
29或以下	D	表現有待改善，建議你多看課外書，多翻查字典，有助增進語文能力！

參考答案

捉字妖訓練營（P.19）

1. 癮　2. 隱　3. 隱　4. 癮　5. 隱　6. 癮

捉字妖訓練營（P.23）

1. 包　2. 飽　3. 飽　4. 包　5. 飽　6. 包　7. 飽；飽

捉字妖訓練營（P.27）

1. (1) 皮　(2) 疲　(3) 皮　(4) 疲　(5) 疲　(6) 皮

2. (1) 形容人或動物很瘦。

　　(2) 形容人見識淺薄，只知道大概。

　　(3) 指戰時向敵方作長期的間歇性轟炸，使對方精神崩潰；也指冗長沉悶的言談，使人感到疲勞、煩厭。

捉字妖訓練營（P.32）

1. 俱　2. 具　3. 俱　4. 具　5. 具　6. 俱

捉字妖訓練營（P.37）

1. 指導、指骨、指頭、指引、指示；趾骨、腳趾

2. (1) 指鹿為馬／指黑為白

　　(2) 首屈一指

　　(3) 指桑罵槐／指雞罵狗

　　(4) 瞭如指掌

　　(5) 指手畫腳

　　(6) 屈指一算／屈指可數

　　(7) 指名道姓

　　(8) 指日可待

捉字妖訓練營（P.43）

1. (1) 坐；座　(2) 坐　(3) 坐　(4) 座　(5) 座；坐
2. 答案僅供參考：高樓、大廈、工廠、房子、大鐘、石碑、島嶼、城市、學校、橋、雕塑等

捉字妖訓練營（P.48）

1. 相同之處：「藍」、「籃」兩字讀音相同；除部首外，字形結構相同。

   不同之處：部首不同，「藍」是草字頭，「艹」部；「籃」是竹字頭。另外，兩字的字義也不同，「藍」主要表示一種像晴天天空的顏色，「籃」則是指裝盛東西用的容器。
2. 因為以前的書是在竹片上寫字後再串編起來的，所以「書籍」的「籍」字是「竹」部的，而「書簿」也是屬於書本一類，所以它也應該是用「竹」字作部首。

捉字妖訓練營（P.53）

1. 游　2. 遊；遊　3. 游　4. 游　5. 遊　6. 遊

捉字妖訓練營（P.58）

1. (1) 渲；渲染　(2) 日　(3) ⁺⁺
   (4) 口；喧；喧嘩 / 喧擾 / 喧嚷 / 喧囂等
2. 答案僅供參考：
   (1)「口」字部的字：叫、吃、吐、吞、吩、吵、吸、吹、吼、咽等
   (2)「日」字部的字：早、明、星、時、晝、晨、晴、晶、曉、曬等

捉字妖訓練營（P.65）

1. 你別跟我爭辯了，是非黑白很清楚，你還不能分辨嗎？
2. 我沒去過爸爸的辦公室，他不帶我們去，怕影響別人辦公。
3. 這個女孩頭上紮了兩根小辮子，很可愛。

4. 把橙剝了皮，裏面的橙肉分成很多**瓣**。

5. 這對**孿**生兄弟很相像，不容易分**辨**出誰是哥哥誰是弟弟。

6. 只憑這一片花**瓣**，我怎麼分**辨**得出它原本是什麼花？

捉字妖訓練營（P.71）

1. (1) 班會、班機、班級

   (2) 斑駁、斑點、斑鳩、斑斕、斑紋

2. (1) 𤣩；刂

   (2) 𤣩；文

   (3) 弓；弓

   (4) 答案僅供參考：粥；米

捉字妖訓練營（P.77）

1. 肉（月）；肉類

2. 犬（犭）；禽獸動物

3. 虫；昆蟲

4. 辵（辶）；行動

捉字妖訓練營（P.83）

1. 請儘快答**覆**我這件事成不成。

2. 經過醫生的精心治療，他現在已經康**復**，可以出院了。

3. 他們這次打了敗仗，全軍**覆**沒，難怪個個都垂頭喪氣。

4. 車站廣播説，剛才的信號故障問題已修理好，列車服務逐漸回**復**正常。

5. 這個問題很**複**雜，我要好好想想。

6. 雖然這種家鄉小吃的製作工序繁**複**，但是外婆看我們這麼愛吃，總是不厭其煩地做給我們吃。

7. 哥哥打籃球時與人碰撞了一下，使腳踝的舊患**復**發，被迫在家休息幾天。

捉字妖訓練營（P.88）

1. (1) 推崇、崇尚、崇高、崇拜、崇洋
   (2) 作祟、鬼祟
2. (1) 盲；肓
   (2) 響；嚮

捉字妖訓練營（P.93）

1. 棉　2. 棉　3. 綿　4. 綿　5. 棉
6. 棉　7. 綿　8. 綿　9. 綿　10. 棉

捉字妖訓練營（P.99）

藻：水藻、海藻、藻類、綠藻
躁：急躁、暴躁、躁動
操：操練
澡：澡盆、洗澡
噪：噪音
燥：乾燥、燥熱

捉字妖訓練營（P.104）

1. (1) 贊　(2) 讚　(3) 贊　(4) 讚　(5) 贊　(6) 讚
2. (1)-(2) 答案僅供參考：讚、鑽、攢、瓚等

捉字妖訓練營（P.109）

1. 知：知覺、知悉、知情、知道
2. 智：明智、益智、智能、智慧

捉字妖訓練營（P.115）

1. 造　2. 作；做　3. 作　4. 造　5. 做　6. 造　7. 做

捉字妖訓練營 （P.120）

1. (1) 泉 → 線　　(2) 冬 → 終

　(3) 勺 → 約　　(4) 及 → 級

　(5) 頁 → 頗　　(6) 己 → 紀

　(7) 罔 → 網　　(8) 屯 → 純

2. 答案僅供參考：

　(1)-(2) 披、被、疲、坡、彼、玻、破、菠、簸、婆等

　(3)-(4) 紅、紡、紋、紐、紗、納、紙、紛、絆、紹、細、組、統、
　結、絲等

　(5)-(6) 紮、索、紮、紫、絮、縈、繁、繫、絲等

捉字妖訓練營 （P.126）

1. (1) 步驟　(2) 部件　(3) 部署　(4) 步伐　(5) 步行

　(6) 部隊　(7) 步槍　(8) 部落　(9) 部首

2. 一步登天、邯鄲學步、昂首闊步、七步成詩、規行矩步、健步如飛

捉字妖大挑戰 （P.128-134）

第一關 （P.128）

1. 飽　2. 班　3. 崇　4. 包　5. 覆

6. 藉　7. 具　8. 綿　9. 班　10. 智

第二關 （P.129）

1. 包　2. 疲　3. 崇　4. 棉；綿綿　5. 複　6. 皮；疲

7. 籍　8. 班　9. 皺　10. 臘

第三關 （P.130）

1. 藍 → 籃　　　　2. 喧 → 暄

3. 坐 → 座　　　　4. 辮 → 瓣

5. 綿 → 棉　　　　6. 縐 → 皺

7. 班 → 斑　　　　8. 皮 → 疲

9. 藉 → 籍　　　　10. 復 → 覆

第四關（P.131-133）

1. 煙癮、隱藏
2. 飽滿、包裹
3. 疲勞、皮夾
4. 餐具、一應俱全
5. 腳趾、指頭
6. 座位、坐吃山空
7. 花籃、蔚藍
8. 上游、遊歷
9. 喧嘩、寒暄
10. 辯論、辨別、辦法、髮辮、花瓣
11. 探班、斑點狗
12. 獵人、蠟燭、臘肉、邋遢
13. 回覆／回復、重複、康復
14. 推崇、作祟
15. 棉絮、綿薄之力
16. 急躁、噪音、乾燥
17. 讚歎、贊同
18. 知覺、明智之舉
19. 建造、作品、做功課
20. 綢布、皺眉
21. 步驟、部門

附錄：易用錯字字詞表

一、字形相近

字	組詞例子
己／已／巳（粵音：自）	自己、身不由己、知己知彼
	已經、而已
	巳時
包／飽	包容、包書、包袱、包裹、包餃子、郵包、麵包
	飽和、飽滿、吃飽、飽經風霜、飽餐一頓
戊（粵音：務）／	戊戌政變
戌（粵音：率）／	戌時（晚上7-9時）
戍（粵音：恕）	戍衞、戍邊守疆
冶（粵音：野）／治	冶金、冶煉、冶艷、陶冶性情
	治安、治理、治罪、治療、統治、管治、醫治
廷／延	宮廷、朝廷
	延長、延誤、延續、蔓延、延年益壽
肓（粵音：方）／盲	病入膏肓
	盲人、盲目、盲腸、文盲、色盲、盲從附和
券／卷	獎券、禮券、門券
	蛋卷、試卷、手不釋卷
制／製	制止、制定、制服、制度、制裁、控制、因地制宜
	製作、製品、製造、創製、煉製、縫製

字	組詞例子
咆 / 泡	咆哮
	泡沫、水泡、化為泡影
哀 / 衷 / 衰	哀傷、悲哀
	衷心、由衷
	衰落、衰微
苔 / 笞（粵音：雌）	青苔
	笞刑、鞭笞
迥（粵音：炯）/ 迴	迥異其趣
	迴避、巡迴、迂迴曲折
亳（粵音：博）/ 毫	亳（古邑名，商湯時代的都城）
	一毫、毫無瑕疵、毫髮無損
徒 / 徙（粵音：璽）	徒弟、徒勞無功
	遷徙、轉徙流離
脂 / 詣（粵音：藝）	脂肪、脂粉、油脂、胭脂、民脂民膏
	造詣、苦心孤詣
茶 / 荼（粵音：圖）	茶葉、茶樓、喝茶
	荼毒、如火如荼、開到荼靡
准 / 淮（粵音：懷）/ 準	准予、准許、批准
	淮河、淮海、淮劇
	準則、準備、準確、準繩、瞄準、標準
崇 / 祟	崇高、崇拜、崇敬、推崇、尊崇、崇山峻嶺
	作祟、鬼祟、鬼鬼祟祟
貧 / 貪	貧民、貧困、貧窮
	貪心、貪吃、貪贓枉法

字	組詞例子
赦（粵音舍）/	赦免、赦罪
赧（粵音難[5]）	赧然、風赧
脾 / 髀	脾胃、脾氣、脾臟
	雞髀（即雞腿）
肆 / 肄（粵音：義）	肆意、肆虐、放肆、食肆、肆無忌憚、壹貳參肆
	肄習、肄業
兢（粵音：京）/	戰戰兢兢
競（粵音：勁）	競技、競爭、競選、競賽、物競天擇
管 / 菅（粵音：奸）	管家、管理、管教、管弦樂
	草菅人命
與 / 興 / 輿（粵音：如）	與其、與日俱增、與眾不同、甘苦與共
	興味、興致、興趣、高興、興沖沖、興高采烈、大興土木
	輿論
僕 / 璞 / 樸	僕人、奴僕、風塵僕僕
	璞玉、反璞歸真
	樸素、樸實、簡樸
嘹 / 潦（粵音：老）	嘹亮
	潦倒、潦草
暴 / 瀑 / 爆 / 曝	暴力、暴行、暴雨、暴動、殘暴、一暴十寒、山洪暴發、自暴自棄
	瀑布
	爆炸、爆發、引爆
	曝光、曝露、曝曬

字	組詞例子
辦 / 辨 / 瓣 / 辮 / 辯	辦公、辦法、辦理、辦事處
	辨別、辨認、辨識、分辨、明辨是非
	一瓣蒜、一瓣瓣、豆瓣醬、花瓣
	辮子、一辮蒜
	辯論、辯護、爭辯
膺（粵音：英）/	膺選、膺懲
贗（粵音：雁）	贗品
薄 / 簿	薄弱、薄餅、厚薄、單薄
	相簿、筆記簿、對簿公堂
獵 / 臘 / 邋 / 蠟	獵人、獵取、打獵、狩獵
	臘月、臘肉、臘味、臘腸、臘八粥
	邋遢
	蠟筆、蠟像、蠟染、蠟燭、白蠟、蜂蠟
藉 / 籍	藉口、憑藉、杯盤狼藉
	書籍、國籍、學籍、籍貫
嚮 / 響	嚮往、嚮導
	響鬧、聲響、響噹噹
羸（粵音：雷）/ 贏	羸弱、羸疲、羸頓
	贏家、贏得、輸贏
繹 / 釋 / 譯 / 驛	演繹
	釋放、釋義、注釋、解釋、愛不釋手
	譯文、譯音、翻譯
	驛站、驛道

字	組詞例子
饒（粵音：搖） /	饒恕、富饒
驍（粵音：囂）	驍勇善戰
懺（粵音：杉） /	懺悔
讖（粵音：杉） /	讖語、一語成讖
纖（粵音簽）	纖維、纖瘦
孿 / 攣 / 鸞	孿生子
	全身痙攣
	鸞鳳和鳴

二、讀音相近

字	組詞例子
干 / 乾 / 幹	干戈、干涉、干預、干擾、天干地支
	乾杯、乾脆、乾淨、乾枯、乾燥、乾貨、餅乾
	幹活、幹事、幹勁、能幹、樹幹
尤 / 猶	尤其、怨天尤人
	猶豫、猶有餘悸、猶勝一籌
心 / 深	地心吸力、語重心長
	罪孽深重
司 / 師	司令、司長、司庫、司機、司空見慣
	師長、師傅、師爺、老師、教師、廚師
皮 / 疲	皮毛、皮夾、皮革、皮鞋、皮膚、牛皮、書皮、水餃皮
	疲乏、疲勞、疲倦、疲憊、精疲力竭、疲於奔命
划 / 劃	划算、划拳、划艇
	劃分、劃界、計劃、策劃、籌劃
后 / 後	后妃、后宮、皇后
	後代、後悔、後備、後輩、先後、後顧之憂
成 / 承	成功、成就、相輔相成
	繼承、承托、承接、承擔
色 / 式 / 適	角色、形形色色
	式樣、方式、形式、款式
	適合、各適其適

字	組詞例子
克 / 刻	克服、克敵制勝
	深刻、刻苦耐勞
厲 / 勵	厲害、嚴厲、再接再厲
	勵志、鼓勵、勉勵、獎勵
志 / 智	志向、志氣、志願、神志不清、雄圖大志
	智力、智商、智慧、大智若愚、智勇雙全
步 / 部	步兵、步伐、步速、步調、步驟、初步
	部分、部件、部位、部門、部首、部署
系 / 係 / 繫	系統、派系、體系、學系
	關係
	維繫、聯繫、繫繩
刮 / 颳	刮刀、刮目相看
	颳風
征 / 徵	征伐、征服、征戰、長征
	徵召、徵兵、徵文比賽
指 / 趾	指示、指引、指環、指點、指導、指揮、手指、食指
	趾甲、趾骨、腳趾、趾高氣揚
風 / 鋒	風向、風暴
	鋒利、出鋒頭、鋒芒畢露
凌 / 零	凌晨、凌亂
	零星、七零八落
恥 / 齒	恥辱、羞恥、無恥、不恥下問
	牙齒、唇亡齒寒、令人不齒

字	組詞例子
悉／識	得悉、熟悉、悉心照顧
	識別、知識、常識、認識
混／渾	混合、混沌、混淆、混亂、魚目混珠、龍蛇混雜
	渾身解數、渾水摸魚、渾然天成、渾渾噩噩
終／蹤	終點、不知所終
	蹤跡、蹤影、行蹤
陷／憾	陷阱、地陷、缺陷
	憾事、遺憾、抱憾終生
復／複／覆	復活、復原、復發、恢復、報復、回復正常、死灰復燃、一去不復返
	複數、複習、複姓、複述、重複、繁複、複合詞、錯綜複雜
	覆沒、覆滅、覆蓋、答覆、顛覆、回覆、覆水難收
撇／瞥	撇開、撇清關係
	瞥見、驚鴻一瞥
漠／寞	冷漠、漠不關心
	寂寞、落寞
贊／讚	贊同、贊成、贊助
	稱讚、讚揚、讚歌、讚美、讚賞、讚頌、讚語

三、形音相近

字	組詞例子
士 / 仕	女士、男士、各界人士
	仕人、仕女、仕宦、仕途
仿 / 彷	仿如、仿效、模仿、仿照
	彷彿、彷徨
弛 / 馳	鬆弛
	馳名、馳騁、風馳電掣
希 / 稀	希望、希冀、希臘
	稀少、稀有、稀客、稀罕、稀飯、稀薄、稀釋、稀鬆平常、稀世珍寶
辛 / 莘 (粵音：辛)	辛苦、辛勞、辛勤、辛辣、辛酸、千辛萬苦、辛亥革命
	莘縣、莘莘學子
防 / 妨	防止、防備、防衛、預防
	妨害、妨礙、不妨、何妨、無妨
併 / 拼 / 迸	合併、吞併、兼併、併發症
	拼音、拼湊、拼圖
	迸發
具 / 俱	具有、具備、工具、文具、農具、餐具
	俱樂部、一應俱全、面面俱到
爭 / 掙	爭吵、爭取、爭氣、爭奪、爭辯、爭分奪秒、爭先恐後
	掙扎、掙脫、掙錢

字	組詞例子
直／值／殖／植	直到、直航、直爽、直接、直達、直線、一直、筆直
	值得、值班、價值、數值、幣值、值日生
	生殖、養殖、繁殖、殖民地
	植皮、植物、植樹、培植、移植、種植
侯／候／喉	侯門、侯爵、公侯
	候鳥、氣候、時候、問候、等候、稍候
	水喉、喉管、喉嚨
垢／詬	污垢、蓬頭垢面
	為人詬病
徇／詢	徇私、徇眾要求
	詢問、查詢
洽／恰	洽談、洽辦、接洽事務
	恰巧、恰當、恰如其分、恰到好處
胡／糊	胡亂、胡作非為、胡說八道
	糊口、糊塗、模糊不清
剔／惕	剔出、剔除、挑剔
	警惕
家／傢	家庭、家畜、家常、人家、專家、農家
	傢伙、傢具
班／斑	班別、班車、班長、班級、班機、上班、班主任、一班人、進修班、馬戲班、班門弄斧
	斑白、斑竹、斑馬、斑紋、斑駁、斑點、斑斕、管中窺豹，可見一斑

字	組詞例子
曼 / 慢 / 漫 / 蔓 / 謾	曼谷、曼妙、曼聲、曼舞
	慢步、緩慢、慢手慢腳、慢條斯理
	漫天、漫畫、漫談、散漫、漫山遍野
	蔓延、蔓草、蔓藤、蔓生植物
	謾罵
密 / 蜜	密切、秘密、親密、密不可分
	蜜蜂、蜜糖、甜蜜
庸 / 傭 / 慵	庸人（平常人）、庸才、庸俗、平庸、庸人自擾、庸庸碌碌
	傭人、僱傭
	慵睏、慵懶
魚 / 漁	魚肉、魚雷、魚蝦、魚類、魚鱗
	漁火、漁夫、漁利、漁產、漁港、漁業
博 / 搏 / 縛	博士、博愛、博學、賭博、博物館
	搏鬥、搏擊、脈搏
	束縛
喧 / 暄	喧嘩、喧鬧、喧擾、喧嚷、喧囂
	寒暄
喻 / 諭	比喻、不可理喻、不言而喻、家喻戶曉
	諭旨、手諭、面諭
象 / 像	象棋、象徵、大象、形象、氣象、現象、對象、景象、抽象、象聲詞、象形文字
	像樣、石像、好像、肖像、畫像、想像、影像、圖像、錄像

字	組詞例子
慨 / 概	慨歎、感慨、慷慨
	概念、概況、大概、氣概、梗概
催 / 摧	催促、催眠
	摧毀、摧殘
廉 / 簾	廉宜、廉潔、忌廉
	窗簾
滄 / 蒼	滄桑
	蒼白、蒼翠、蒼蠅
辟 / 僻 / 癖 / 闢	辟邪、復辟
	僻靜、荒僻、偏僻
	癖好、怪癖
	闢謠、開闢、精闢
遐 / 暇	遐想、名聞遐邇
	無暇、餘暇
劊 / 膾	劊子手
	膾炙人口
摩 / 磨	摩擦、揣摩、觀摩、摩天大樓
	磨刀、磨合、磨坊、磨粉、磨煉、磨蹭、磨難、石磨
撩 / 繚	撩撥、春色撩人
	繚繞、眼花繚亂
蔑 / 篾	蔑視、輕蔑、蔑稱
	竹篾、篾片、篾蓆、篾匠

字	組詞例子
蓬 / 篷	蓬勃、蓬萊、蓬鬆、蓬頭垢面
	帳篷、船篷、開篷跑車
噪 / 澡 / 燥 / 躁 / 藻	噪音、聒噪、名聲大噪
	洗澡、澡盆、澡堂
	燥熱、乾燥、風高物燥
	躁動、急躁、煩躁、暴躁
	水藻、海藻、藻類植物
鍾 / 鐘	鍾情、鍾馗、鍾愛、鍾靈毓秀、情有獨鍾
	鐘錶、鐘樓、鐘點、時鐘、鐘乳石、鐘鼎文
歷 / 曆	歷史、歷險、遊歷、資歷、經歷、病歷表、歷歷在目
	曆法、日曆、月曆、年曆、農曆
隱 / 癮	隱士、隱蔽、隱患、隱藏、隱瞞、隱隱約約
	癮頭、上癮、球癮、煙癮、癮君子
藍 / 籃	藍本、藍色、藍圖、蔚藍
	籃子、籃球、竹籃、搖籃
騖（粵音：務）/	好高騖遠、心無旁騖
鶩（粵音：務）	趨之若鶩

四、字義相近

字	組詞例子
小／少	大小、小心、小孩子、小數點、年紀小
	少年、少量、多少、少不更事、少數民族、老少咸宜
工／公	工人、工作、工程、工廠、工業
	公眾、公開、公餘、辦公室
元／原／緣	元老、元配、元素
	原因、原來、原始、復原、原子筆
	緣分、緣故、邊緣、無緣無故
勾／鈎	勾引、勾結、勾當、一筆勾銷
	魚鈎、鐵鈎
弔／吊	弔孝、弔祭、弔喪、憑弔
	吊車、吊銷、吊胃口、吊兒郎當、提心吊膽
扎／札／紮	扎根、扎實、掙扎
	信札、心得札記
	紮營、束紮、駐紮、包紮傷口
王／皇	王子、王公、王府、王國、王道、王牌、君王、國王
	皇子、皇宮、皇帝、皇冠、堂皇
凸／突	凸起、凹凸
	突出、突破、突然、突擊、衝突、突如其來
州／洲	杭州、廣州
	亞洲、非洲、長洲、綠洲

字	組詞例子
托 / 託	托盤、襯托、烏托邦
	付託、信託、拜託、寄託、託兒所
作 / 造 / 做	作祟、作案、作惡、作答、作弊、作奸犯科、作惡多端、作賊心虛
	造就、造福、打造、建造、創造、製造、造物主、閉門造車
	做法、做手工、做皮鞋、做衣服、做功課、做買賣
坐 / 座	坐牢、坐落、乘坐、坐以待斃、坐吃山空、坐享其成
	座位、在座、星座、座上客、座右銘、座談會、座無虛席
妝 / 裝	嫁妝、梳妝、化妝品、濃妝淡抹
	裝束、裝扮、女裝、服裝、裝飾品、化裝舞會、整裝待發
形 / 型	形式、形成、形狀、形容、形勢、外形、無形、體形、圖形、形跡可疑、形影不離、奇形怪狀、喜形於色
	型號、大型、血型、典型、身型、髮型、模型、類型、臉型
材 / 裁	材料、人材、身材、教材、器材、題材、藥材
	裁判、裁剪、裁縫、制裁、總裁、體裁、別出心裁
沖 / 衝	沖茶、沖破（用於水或氣體）、沖洗、沖淡、沖撞（用於水或氣體）、沖毀、沖積、相沖、興沖沖、怒氣沖沖
	衝力、衝刺、衝突、衝破、衝動、衝撞、衝擊、衝口而出、衝鋒陷陣、一飛衝天、首當其衝

字	組詞例子
汽／氣	汽水、汽車、汽油（石油產品）、汽酒、汽笛、蒸汽
	氣氛、氣球、氣候、氣喘、氣體、氣泡、生氣、語氣、一口氣、水蒸氣
刷／擦	刷子、刷新、牙刷、印刷、沖刷
	摩擦、摩拳擦掌
咀／嘴	咀嚼、尖沙咀
	嘴巴、嘴唇、嘴臉、奶嘴
咎／疚	歸咎、咎由自取、難辭其咎
	內疚、歉疚
忿／憤	不忿、忿忿不平
	氣憤、憤怒、公憤、憤恨、發憤圖強、憤世嫉俗
怡／宜	心曠神怡、怡然自得、風景怡人
	不宜、合宜、事宜、便宜、適宜、因地制宜
知／智	知己、知足、知道、知識、知覺、通知、先知、知名人士、知法犯法
	智力、智商、智慧、智謀、智囊、才智、益智、機智
采／彩／綵	文采、光采、風采、神采、沒精打采、興高采烈
	彩色、彩頭、彩票、精彩、多姿多彩
	剪綵、綵排、綵球、綵燈、張燈結綵
度／渡	度假、度過、過度、歡度佳節、度日如年
	渡過、偷渡、過渡期、渡海小輪、橫渡海洋
映／影	上映、反映、放映、倒映、播映、映入眼簾
	影子、影像、背影、電影、錄影、蹤影、攝影

字	組詞例子
盆 / 盤	盆地、盆菜、盆景、盆栽、花盆、傾盆大雨
	盤問、盤旋、盤算、地盤、算盤、樓盤、盤根錯節
省 / 醒	反省、不省人事、發人深省
	醒悟、醒覺、清醒、喚醒、提醒、驚醒、如夢初醒
致 / 緻	別致、雅致、興致、導致、專心致至、興致勃勃
	細緻、精緻
迫 / 逼	迫切、迫害、強迫、被迫、逼迫、壓迫、擠迫、迫不及待、迫不得已
	逼近、逼迫、逼供、逼真、逼債、威逼、咄咄逼人
疼 / 痛	疼愛、疼痛、心疼、頭疼
	痛心、痛快、痛苦、痛恨、痛哭、痛惜、疼痛
帶 / 戴	帶領、絲帶、領帶、攜帶
	佩戴、愛戴、戴眼鏡、知恩感戴、披星戴月
淒 / 悽	淒涼、淒清
	悽然、悽慘
處 / 署	處方、處理（安排或解決事情）、四處、到處、辦事處、設身處地
	署理（某官職空缺，由別人暫時代理）、部署、簽署、警署、廉政公署
喝 / 渴	喝水、喝斥、喝醉、呼喝
	渴求、渴望、口渴、解渴、望梅止渴、臨渴掘井、求才若渴
景 / 境	景色、景象、景點、不景氣、布景、前景、情景、良辰美景
	境界、入境、處境、環境、事過境遷

字	組詞例子
棉 / 綿	棉衣、棉花、棉絮、棉線、木棉
	綿羊、綿延、綿軟、綿密、綿薄、海綿、連綿、絲綿
游 / 遊	游弋、游泳、游移、游禽、游程、游艇、游說、游擊、上游、游牧民族、氣若游絲
	遊行、遊玩、遊園、遊歷、遊戲、遊覽、交遊、巡遊、旅遊
脹 / 漲	通脹、膨脹、肚子發脹、熱脹冷縮、頭昏腦脹
	上漲、潮漲、水漲船高、物價上漲、漲紅了臉
須 / 需	須知、須要、必須
	需求、需要、必需、必需品、各取所需
意 / 義	意外、意思、意義、意境、意識、同意、任意、滿意
	義氣、義務、釋義、正義、字義、定義、褒義、貶義、顧名思義
溶 / 熔 / 融	溶解（利用水）、溶液、溶化
	熔解（利用高溫）、熔岩、鋼鐵熔化
	融合、融洽、金融、融會貫通、冰川融化
盡 / 儘	盡力、盡心、盡用、盡量、盡情、盡頭、詳盡、盡善盡美、無窮無盡
	儘早、儘快、儘管、儘可能
墮 / 墜	墮馬、墮落
	墜落、下墜、耳墜子、搖搖欲墜

字	組詞例子
皺／縐	皺巴巴、皺眉頭、皺紋
	縐布、縐紗、文縐縐
蕩／盪	蕩漾、坦蕩、放蕩、動蕩、掃蕩、浩浩蕩蕩、傾家蕩產
	震盪、盪鞦韆
獲／穫	獲取、獲得、獲勝、破獲、接獲、榮獲、檢獲、不勞而獲
	收穫、漁穫
璨／燦	璀璨
	燦爛

　　本附錄收錄小學至初中學生容易用錯的字及其組詞例子，以供參考。個別詞語或存在多於一種寫法，本表格所記的為本書建議的寫法。

新雅中文教室

活捉錯別字（修訂版）

作　　者：宋詒瑞
插　　圖：山　貓
責任編輯：陳友娣
美術設計：蔡學彰
出　　版：新雅文化事業有限公司
　　　　　香港英皇道499號北角工業大廈18樓
　　　　　電話：（852）2138 7998
　　　　　傳真：（852）2597 4003
　　　　　網址：http://www.sunya.com.hk
　　　　　電郵：marketing@sunya.com.hk
發　　行：香港聯合書刊物流有限公司
　　　　　香港荃灣德士古道220-248號荃灣工業中心16樓
　　　　　電話：（852）2150 2100
　　　　　傳真：（852）2407 3062
　　　　　電郵：info@suplogistics.com.hk
印　　刷：中華商務彩色印刷有限公司
　　　　　香港新界大埔汀麗路36號
版　　次：二〇二一年五月初版

ISBN: 978-962-08-7751-3